KB185364

국어 교과서 작품 읽기
중1 수필·비문학

국어 교과서 작품 읽기: 중1 수필·비문학

초판 1쇄 발행 • 2010년 4월 30일
개정판 1쇄 발행 • 2012년 11월 20일
개정2판 1쇄 발행 • 2017년 12월 27일
최신 개정판 1쇄 발행 • 2024년 12월 20일

엮은이 • 김병성 송수진
펴낸이 • 염종선
책임편집 • 정편집실 구본슬
조판 • 한향림
펴낸곳 • (주)창비
등록 • 1986년 8월 5일 제85호
주소 • 10881 경기도 파주시 회동길 184
전화 • 031-955-3333
팩스 • 영업 031-955-3399 편집 031-955-3400
홈페이지 • www.changbi.com
전자우편 • ya@changbi.com

ⓒ (주)창비 2024
ISBN 978-89-364-3145-7 44810
ISBN 978-89-364-3142-6 (전3권)

* 이 책 내용의 전부 또는 일부를 재사용하려면
  반드시 저작권자와 창비 양측의 동의를 받아야 합니다.
* 책값은 뒤표지에 표시되어 있습니다.

국어 교과서
작품 읽기

중1 수필·비문학　　김병성·송수진 엮음

창비

'국어 교과서 작품 읽기'
최신 개정판을 펴내며

국어는 왜 어려울까요? 우리말과 글을 이미 능숙하게 쓰고 있는데도 국어 과목이 너무 어렵다며 푸념을 늘어놓는 아이들을 종종 만납니다. 국어를 배우는 시간을 자신과 세상을 이해하고 성장하는 과정으로 생각해 보면 어떨까요? 국어는 읽고 쓰는 기능뿐 아니라 우리말과 글의 아름다움을 느끼고 가치를 내면화하면서 세상과 소통하는 법을 배우는 과목입니다. 다양한 삶의 모습이 담긴 문학 작품은 인간과 세계를 깊게 이해하는 통로가 되어 주지요. 작품 속 이야기를 거쳐 다시 우리가 발 딛고 있는 현실로 돌아와 앞으로 어떤 삶을 살아갈지 고민하게 된다면, 그것이 바로 성장의 과정이라 할 수 있습니다.

2025년 중학교 1학년부터 적용되는 '2022 개정 교육과정'은 미래 변화에 대응하는 역량을 강조합니다. 디지털 사회로의 전환, 기후 환경의 변화, 출생 인구의 감소 등 우리는 이미 전과 다른 세상을 살고 있습니다. 이런 변화에 발맞추어 새로운 국어 교육과정에서는 디지털·미디어 역량을 기르기 위한 '매체' 영역이 추가되었습니다. 디지털 기기를 활용하는 것에서 그치지 않고, 매체 자료를 비판적으로 이해하고 자신의 생각을 창의적으로 표현하는 것을 목표로 합니다. 이처럼 미래를 잘 맞이하려면 단순히 새로운 기술을 습득하는 것을 넘어, 변화된 환경 속에서 자신의 삶을 주도적으로 살아갈 수 있어야 합니다. 이를 위해서는 나를 둘러싸고 있는 세상을 읽어 낼 수 있는 힘을 갖추어야 하지요. 문해력을 기르는 이유도 단순히 성적을 몇 점 올리기 위해서가 아니라 삶을 가꾸기 위해서입니다.

'국어 교과서 작품 읽기' 최신 개정판에서는 새로 바뀐 중학교 1학년 국어 교과서 10종에 실린 문학 작품을 시, 소설, 수필·비문학 갈래별로 가려 모으고, 다양한 활동을 포함했습니다. 단어의 뜻을 정확히 파악했는지, 중심 내용을 제대로 이해했는지, 앞뒤 맥락을 바탕으로 작품의 의미를 파악했는지 알아보며 문해력을 키울 수 있는 활동입니다. 중학교라는 새로운 터전, 청소년이라는 낯선 시기에 적응하고 있을 학생들이 지레 겁먹지 않도록 중학교 1학년의 눈높이에 맞추어 수록작을 꼽고 도움 글을 실었습니다. 문해력을 단번에 기를 수 있거나 국어 실력이 순식간에 발돋움할 수 있는 마법의 약은 없습니다. 의무감으로 해치워야 할 숙제처럼 서두르지 말고, 즐거운 마음으로 작품을 감상하며 차근차근 기초를 쌓아 가면 좋겠습니다.

『국어 교과서 작품 읽기: 중1 수필·비문학』은 학생들이 공감하고 재미있게 읽을 수 있는 글부터 깊고 넓은 생각을 펼치도록 도와주는 글, 오늘날 필요한 정보와 지식을 담은 글까지 다양한 글들을 실었습니다. 총 4부로 나누어 우선은 나와 타인을 이해하는 법을 살펴본 다음, 시야를 넓혀 자연과 사회를 고민하고 지식을 얻을 수 있도록 구성했습니다.

1부 '경험은 소중하다'에서는 일상의 체험을 통해 얻은 진솔한 깨달음이 담긴 글을 모았고 2부 '다름이 아름답다'에서는 차이를 이해하고 존중하면서 우리의 언어생활도 성찰할 수 있는 글을 실었습니다. 3부 '매체는 힘이 세다'에서는 미디어에 대해 잘 이해하고 수많은 정보 속에서 균형 감각을 키울 수 있는 글을 만납니다. 마지막으로 4부 '지구가 울고 있다'에서는 무분별한 개발과 기후 위기 현실을 돌아보고 자연과 더불어 살기 위한 노력을 알아봅니다.

교과서에서는 집필진이 비문학 산문을 더 간결하게 다듬어 싣기도 하지요. 하지만 이 책에서는 되도록 원래의 글을 우선해 실어서 원문의 맛을 느낄 수 있도록 했습니다. 중학교 1학년인 여러분이 원문을 읽으려니 이해가 잘 안 되고 어려울 때도 있을 거예요. 그럴 때는 친구들과 함께 차근차근 활동을 풀어 보고, '생각 키우기' 내용도 읽어 보면 좋겠습니다. '생각 키우기'를 통해 문해력을 기를 수 있도록 안내하고, 더 살펴보면 좋을 책과 영화 등도 소개해 두었어요.

단순히 익히기만 하는 것이 공부의 전부는 아닙니다. 우리가 살아가는 세상에 대해 고민하고 실천하는 일도 공부라는 것을 여러분이 이 책을 통해 느낄 수 있으면 좋겠습니다. 감동적인 수필, 흥미로운 비문학 글을 읽으며 우리 사회에 관심을 가지고 다른 사람들을 배려하고 존중하는 사람으로 성장할 수 있기를 바랍니다.

2024년 12월
김병성 송수진

차례

2부 다름이 아름답다

3부 매체는 힘이 세다

4부 🍃 지구가 울고 있다

일러두기

1. '2022 개정 교육과정'에 따른 중학교 검정 교과서 10종 『국어』 1-1, 1-2에 수록된 수필과 비문학 산문 중에서 29편을 가려 뽑아 수록하였습니다.

2. 단행본에 실린 글을 저본으로 삼았고, 비문학 산문의 일부는 집필진이 손질한 교과서 수록 글을 저본으로 삼았습니다.

3. 한자는 모두 한글로 바꾸고 꼭 필요한 경우에만 괄호 안에 넣었습니다.

4. 본문 아래쪽에 낱말 풀이를 달았습니다.

5. 활동의 예시 답안은 창비 홈페이지(www.changbi.com)의 '도서 > 자료실 > 어린이 청소년 자료실'에 있습니다.

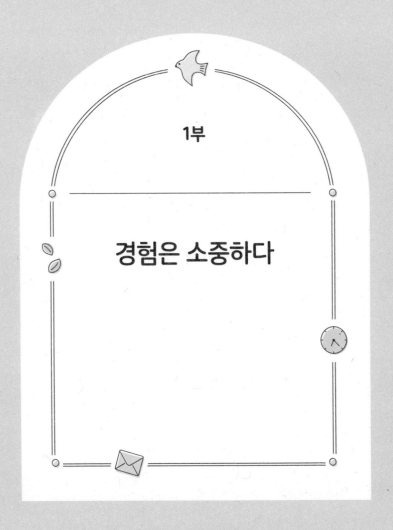

1부

경험은 소중하다

1부에는 글쓴이의 삶과 경험을 진솔하게 표현한 글을 담았습니다. 자전거 타기를 연습하면서 얻게 된 깨달음을 전하는 글도 있고, 힘들고 지친 날 우연히 낯선 할머니에게 천 원을 받으며 위로를 얻었다는 솔직한 경험을 들려주는 글도 있습니다. 수필을 읽으며 글쓴이의 경험을 따라가다 보면 지끈지끈했던 머릿속이 환해지는 깨달음의 순간을 맞기도 하고, 뻔하고 무료하게만 느껴지던 일상이 새롭게 다가오는 감동을 받기도 합니다. 나와 다른 사람을 이해하고 배려하는 마음의 폭이 넓어지면서 자신의 삶을 되돌아보게 됩니다. 실수하고 잘못한 것들이 떠올라 밤늦게까지 잠을 못 이룰 때도 있지만 나를 도와주는 주변 사람들의 마음을 잊지 않고 조금씩 세상 속으로 나아갈 수 있는 용기를 가져 봅니다. 여기에 실린 글을 통해 세상은 살 만하고 용서와 너그러움이 있다는 것을 믿으며 몸과 마음이 더불어 성장하는 기회를 가져 보기 바랍니다.

어느 날 자전거가 내 삶 속으로 들어왔다

성석제

초등학교 6학년 겨울, 추첨으로 중학교를 배정받고 보니 읍내에 둘 있는 중학교 중 공립이었고 아버지와 형이 졸업한 전통 있는 학교였다. 문제는 초등학교 때처럼 걸어서 다니기는 힘든 거리라는 점이었다. 버스가 다니지 않았고 자가용은 물론 없었다.

내 고향은 분지*여서 산으로 둘러싸인 읍내는 평탄했고 집집마다 자전거가 없는 집이 없었다. 그렇긴 해도 아이들을 위해 자전거를 사 주는 부모는 극소수였다. 대부분의 아이들은 성인용 자전거의 삼각 프레임* 사이에 다리를 집어넣고 페달을 밟아서 앞으로 진행하는, 곡예를 연상케 하는 자세로 자전거를 탔다. 나는 그런 아이들이 부럽기도 하고 경망스러워* 보이기도 해서 운동 신경이 둔하다는 핑계로 자전거를 탈 생각

* **분지** 산이나 높은 땅으로 둘러싸인 너른 땅.
* **프레임(frame)** 자동차, 자전거 따위의 뼈대. 틀.
* **경망스럽다** 하는 짓이 점잖지 못하고 방정맞다.

을 하지 않고 있었다. 그러나 이젠 선택의 여지가 없었다.

내가 자전거를 배우기 위해 큰집에서 빌린 자전거는 읍내로 출퇴근하는 아버지의 자전거보다 더 무겁고 짐받이가 큰 '농업용' 자전거였다. 그 대신 자전거가 아주 튼튼해서 자전거를 배우자면 꼭 거쳐야 하는, '꼬라박기'*를 무난히 감당해 낼 수 있을 듯 보였다. 내 몸이 그걸 견뎌 낼 수 있을지, 내 마음이 그 창피함을 견뎌 낼 수 있을지 의문스럽긴 했지만.

나는 오전에 자전거를 끌고 사람이 없는 운동장으로 갔다. 시멘트 계단 옆에 자전거를 세운 뒤 안장에 올라가서 발로 연단*을 차는 힘으로 자전거의 주차 장치가 풀리면서 앞으로 나가도록 했다. 바퀴가 두 번도 구르기 전에 자전거는 멈췄고 나는 넘어졌다. 같은 식의 시행착오*가 수백 번 거듭되었다. 정강이*와 허벅지에 멍 자국이 생겨났고 팔과 손의 피부가 벗겨졌다. 나중에는 자전거를 일으키는 일조차 힘이 들었다. 마지막으로 쓰러졌을 때 어둠이 다가오고 있는 걸 알고는 막막한 마음에 자전거 옆에 한참 누워 있다가 일어났다.

동네로 돌아오는 길에는 50미터쯤 되는 오르막이 있었다. 오르막에 올라가서 숨을 고르다가 문득 내리막을 달려 내려가

* **꼬라박다** 거꾸로 내리박다.
* **연단** 연설이나 강연을 하는 사람이 올라서는 단.
* **시행착오** 어떤 일을 해내려다가 실패를 겪는 것.
* **정강이** 무릎에서 발목 사이에 뼈가 있는 부분.

면 자전거를 쉽게 탈 수 있지 않을까 하는 생각이 들었다. 내리막 아래쪽은 길이 휘어 있었고 정면에는 내가 어릴 적 물장구를 치고 놀던 도랑이 기다리고 있었다. 그리고 그 옆에는 다음 해 봄에 거름으로 쓸 분뇨를 모아 두는 '똥통'이 있었다. 내가 자전거를 통제하지 못하게 된다면 결말은 단순했다. 운 좋으면 도랑, 나쁘면 똥통.

그럼에도 불구하고 나는 돌을 딛고 자전거에 올라섰다. 어차피 가지 않으면 안 될 길. 나는 몸을 앞뒤로 흔들어 자전거를 출발시켰다. 자전거는 앞으로 나아가기 시작했다. 페달을 밟지 않고도 가속이 붙었다. 나는 난생처음 봄을 맞는 장끼처럼* 나도 모를 이상한 소리를 내지르며 자전거와 한 몸이 되어 달려 내려갔다. 가슴이 터질 듯 부풀었고 어질어질한 속도감에 사로잡혔다. 어느새 내 발은 페달을 차고 있었고 자전거는 도랑과 똥통 옆을 지나고 있었다. 나는 삽시간에 어른이 된 기분으로 읍내로 가는 길을 내달렸다.

그날 나는 내 근육과 뇌에 새겨진 평범한, 그러면서도 세상을 움직여 온 비밀을 하나 얻게 되었다. 일단 안장 위에 올라선 이상 계속 가지 않으면 쓰러진다. 노력하고 경험을 쌓고도 잘 모르겠으면 자연의 판단―본능에 맡겨라.

그 뒤에 시와 춤, 노래와 암벽 타기, 그리고 사랑이 모두 같

---

* 봄을 맞는 장끼처럼 번식기를 맞이한 수꿩이 울음소리를 내는 것처럼.

은 원리에 따라 움직인다는 것을 나는 깨달았다. 비록 다 배웠다, 다 안다고 할 수 있는 것 없지만.

성석제

소설가. 소설집 『그곳에는 어처구니들이 산다』『황만근은 이렇게 말했다』『이 인간이 정말』, 장편소설 『왕을 찾아서』『순정』『투명인간』, 산문집 『소풍』『농담하는 카메라』『칼과 황홀』『꾸들꾸들 물고기 씨, 어딜 가시나』 등이 있다.

1부 · 경험은 소중하다

괜찮아

장영희

초등학교 때 우리 집은 서울 동대문구 제기동에 있는 작은 한옥이었다. 골목 안에는 고만고만한 한옥 여섯 채가 서로 마주 보고 있었다. 그때만 해도 한 집에 아이가 보통 네댓은 됐으므로 골목길 안에만도 초등학교 다니는 아이가 줄잡아 열 명이 넘었다. 학교가 파할* 때쯤 되면 골목은 시끌벅적, 아이들의 놀이터가 되었다.

어머니는 내가 집에서 책만 읽는 것을 싫어하셨다. 그래서 방과 후 골목길에 아이들이 모일 때쯤이면 대문 앞 계단에 작은 방석을 깔고 나를 거기에 앉히셨다. 아이들이 노는 걸 구경이라도 하라는 뜻이었다.

딱히 놀이 기구가 없던 그때, 친구들은 대부분 술래잡기, 사방치기,* 공기놀이, 고무줄놀이 등을 하고 놀았지만 나는 공기

---

* **파하다** 어떤 일을 끝내다. 또는 어떤 일이 끝나다.
* **사방치기** 아이들 놀이 가운데 하나. 땅바닥에 네모나거나 둥그렇게 금을 그어 놓고 납작한 돌을 차서 옮기는 놀이.

놀이 외에는 그 어떤 놀이에도 참여할 수 없었다. 하지만 골목 안 친구들은 나를 위해 꼭 무언가 역할을 만들어 주었다. 고무줄놀이나 달리기를 하면 내게 심판을 시키거나 신발주머니와 책가방을 맡겼다. 그뿐인가. 술래잡기를 할 때는 한곳에 앉아 있어야 하는 내가 답답해할까 봐 어디에 숨을지 미리 말해 주고 숨는 친구도 있었다.

우리 집은 골목에서 중앙이 아니라 모퉁이 쪽이었는데 내가 앉아 있는 계단 앞이 늘 친구들의 놀이 무대였다. 놀이에 참여하지 못해도 난 전혀 소외감*이나 박탈감*을 느끼지 않았다. 아니, 지금 생각하면 내가 소외감을 느낄까 봐 친구들이 배려해 준 것이었다.

그 골목길에서의 일이다. 초등학교 1학년 때였던 것 같다. 하루는 우리 반이 좀 일찍 끝나서 나 혼자 집 앞에 앉아 있었다. 그런데 그때 마침 골목길을 지나던 깨엿 장수가 있었다.

그 아저씨는 가위를 쩔렁이며, 목발을 옆에 두고 대문 앞에 앉아 있는 나를 흘낏 보고는 그냥 지나쳐 갔다. 그러더니 리어카를 두고 다시 돌아와 내게 깨엿 두 개를 내밀었다. 순간 아저씨와 내 눈이 마주쳤다. 아저씨는 아무 말도 하지 않고 아주 잠깐 미소를 지어 보이며 말했다.

＊ **소외감** 남에게 따돌림을 당하여 멀어진 듯한 느낌.
＊ **박탈감** 지위, 자격, 자리 등을 빼앗겼다고 여기는 느낌이나 기분.

1부 · 경험은 소중하다

"괜찮아."

무엇이 괜찮다는 건지 몰랐다. 돈 없이 깨엿을 공짜로 받아도 괜찮다는 것인지, 아니면 목발을 짚고 살아도 괜찮다는 말인지……. 하지만 그건 중요하지 않다. 중요한 건 내가 그날 마음을 정했다는 것이다. 이 세상은 그런대로 살 만한 곳이라고, 좋은 친구들이 있고, 선의*와 사랑이 있고, '괜찮아'라는 말처럼 용서와 너그러움이 있는 곳이라고 믿기 시작했다는 것이다.

오래전 학교 친구를 찾아 주는 방송 프로그램이 있다. 한번은 가수 김현철이 나와서 초등학교 때 친구를 찾았는데, 함께 축구하던 이야기가 나왔다. 당시 허리가 36인치일 정도로 뚱뚱한 친구가 있었는데, 뚱뚱해서 잘 뛰지 못한다고 다른 친구들이 축구팀에 끼워 주려고 하지 않았다. 그때 김현철이 나서서 말했다고 한다.

"괜찮아, 얜 골키퍼를 시키면 우리 함께 놀 수 있잖아!"

그래서 그 친구는 골키퍼를 맡아 함께 축구를 했고, 몇십 년이 지난 후에도 김현철의 따뜻한 말과 마음을 그대로 기억하고 있었다.

괜찮아 — 난 지금도 이 말을 들으면 괜히 가슴이 찡해진다. 2002년 월드컵 4강에서 독일에게 졌을 때 관중들은 선수들을

* 선의 착한 마음.

향해 외쳤다.

"괜찮아! 괜찮아!"

혼자 남아 문제를 풀다가 결국 골든 벨을 울리지 못해도 친구들이 얼싸안고 말해 준다.

"괜찮아! 괜찮아!"

'그만하면 참 잘했다.'라고 용기를 북돋워 주는 말, '너라면 뭐든지 다 눈감아 주겠다.'라는 용서의 말, '무슨 일이 있어도 나는 네 편이니 넌 절대 외롭지 않다.'라는 격려의 말, '지금은 아파도 슬퍼하지 말라.'라는 나눔의 말, 그리고 마음으로 일으켜 주는 부축의 말, 괜찮아.

그래서 세상 사는 것이 만만치 않다고 느낄 때, 죽을 듯이 노력해도 내 맘대로 일이 풀리지 않는다고 생각될 때, 나는 내 마음속에서 작은 속삭임을 듣는다. 오래전 내 따뜻한 추억 속 골목길 안에서 들은 말—'괜찮아! 조금만 참아, 이제 다 괜찮아질 거야.'

아, 그래서 '괜찮아'는 이제 다시 시작할 수 있다는 희망의 말이다.

○
○
○
장영희 1952~2009
수필가, 영문학자. 수필집 『내 생애 단 한 번』 『문학의 숲을 거닐다』 『축복』 『살아온 기적 살아갈 기적』 등이 있으며, 번역서로 『살아 있는 갈대』 『이름 없는 너에게』 『슬픈 카페의 노래』 등이 있다.

천 원

손
성
주 · 학
생

가끔 그런 때가 있다. 나 스스로도 이유는 모르지만 그냥 기분이 땅굴을 파고들어 가는 우울한 때. 그 할머니를 만난 게 딱 그런 때였다.

학교에서 무슨 일이 있었던 것도 아니었고, 온종일 반 애들이랑 웃고 떠들며 학교생활 잘하고 집에 가던 길이었다. 평소보다 잠이 좀 부족하긴 했지만. 그렇게 학교에서 집으로 걸어오는 길, 이어폰에서 흘러나오는 음악을 들으며 터벅터벅 집으로 향하던 나는 갑자기 몸의 피곤함이 몇 배가 되는 것 같은 느낌을 받았다. 몸이 무거우니 기분도 무겁고, 피곤하고, 집에 가서 쉬고 싶다는 지친 마음과 왠지 집에 가기 싫다는 삐딱한 마음이 부딪혀 자꾸 땅에 붙으려는 발을 겨우 떼어 내어 걷던 나는, 결국 집에 거의 다 와서 근처 보건소 앞 벤치에 털썩 주저앉았다.

피곤하고 지친 데다 반쯤 잠에 취해 몽롱했다. 우울한 걸 넘어서 이유 없이 짜증이 날 지경이었지만 졸린 탓에 나 스스로 무슨 생각을 하는지도 모르는 상태였다. 누군가 내 손발에 족쇄를 채워 놓은 것 같다는 실없는 생각을 하며 내가 무슨 표정으로, 어떤 모습으로 있는지도 모른 채 그저 그렇게 앉아 있었다.

그때 내 눈앞으로 할머니 두 분이 지나가셨다. 아니, 사실 처음에는 사람이 지나가는지도 몰랐다. 반 박자 늦게 눈앞에 무언가 움직인다 싶어 눈으로 좇았고, 좀 더 보니 할머니 두 분이셨다. 한 분은 보라색 잠바를 입고 계셨고 다른 한 분은 잘 기억나지 않는다. 역사* 쪽으로 걸어가시던 두 분은 몇 걸음 거리에서 별안간 멈추셨다. 다른 한 할머니께서 보라색 잠바를 입은 할머니께 그냥 가던 길 가자며 팔을 잡아끄셨다. 몽롱한 정신으로 아무 생각 없이 두 분을 쳐다보고 있었는데, 갑자기 그분들이 걸음을 돌려 나에게 다가오셨다. 다른 할머니의 다소 못마땅한 눈빛을 알아채기도 전에 보라색 잠바를 입은 할머니께서 "학생." 하며 나를 부르시더니 가방에서 주섬주섬 뭔가를 꺼내셨다. 꼬깃꼬깃한 천 원짜리 지폐. 이걸로 맛있는 거 사 먹으라는 할머니의 말씀을 뒤로한 채 이게 무슨 상황인지 파악하려던 나는, 그보다도 우선 이 돈을 돌려 드려야 한다는 생각이 퍼뜩 들었다. 감사하지만 괜찮다며 돌려 드리려는 나에게 할머니는 딱 나만 한 손녀가 있으시다면서, 손녀 생각이

* 역사 역으로 쓰는 건물.

1부 · 경험은 소중하다

나서 그러니 그냥 받아 두라고 하셨다.

자식 같아서 그런다, 손자 손녀 같아서 그런다, 어디서 들어 본 듯한 흔한 말이다. 그런데 그 말을 막상 내가 들으니 마음속에서 울컥하고 찡해지는 무언가가 있었다. 여전히 조금은 멍한 정신에, 찡한 마음에, 그리고 더 거절하는 건 예의에 어긋날 것 같다는 생각에 나는 결국 그 돈을 받았다. 집까지 가는 3분 남짓한 짧은 거리를 걸으며, 나는 길거리를 지나가는 사람들의 시선이 신경 쓰여 막 울지는 못하고 훌쩍거리며 조금씩 눈물을 닦았다. 할머니께 감사한 마음만으로는 설명되지 않는, 순간 울컥하는 느낌이 있었다. 지쳐 있는데 위로받는 기분이었다. 힘내라는 말 같은 것보다 훨씬 따뜻한.

할머니께는 죄송하지만 그 천 원으로 맛있는 걸 사 먹지는 않았다. 힘들 때 보고 힘낼 거라고 고이 넣어 둔 천 원은 지금도 내 방 책장 위 지갑 안에 있다. 가끔 아무것도 하기 싫고 뻗어 버릴 것 같을 때 그 지갑을 가만히 손에 쥐어 보며 힘을 낸다.

더 나은 미래를 만들기 위해 현재에 충실하기*

이
시
타

카
트
얄

우리는 행복한 삶과 성공적인 커리어*를 위해 많은 일을 하면서 정작 현재를 잊고 삽니다. 지금 바로 이 순간에 대한 생각은 하지 않는 거죠. 전에 봤던 달라이 라마*의 인터뷰가 생각납니다. 인터뷰어*가 달라이 라마에게 "우주에서 가장 이상하고 특이하고 별난 게 무엇이라고 생각하시나요?"라고 묻자 그는 이렇게 대답했죠. "그건 사람입니다." 인터뷰어가 경외*에 가득 찬 목소리로 다시 물었어요. "어째서요?" 달라이 라마는 그 이유를 다음과 같이 설명했습니다. 사람들은 돈을 벌기 위해 건강을 희생하고 나서 이번에는 건강을 회복하려고 돈을 희생합니다. 그리고 미래에 대해 불안해하고 초조해하면

---

* 이 연설문은 인도의 어린이 이시타 카트얄이 2016년 인도 아마다바드에서 열린 교육자들을 위한 '마인드 밍글 페스티벌(Mind Mingle Festival)'에서 연설한 것이다.
* **커리어** 어떤 분야에서 쌓아 온 경험. 경력.
* **달라이 라마** 티베트 종교·정치의 최고 지배자 또는 교주를 이르는 말.
* **인터뷰어** 특정한 목적을 가지고 개인이나 집단을 만나 정보를 수집하고 이야기를 나누는 사람.
* **경외** 공경하면서 두려워함.

1부 · 경험은 소중하다

서 현재를 즐길 생각을 하지 않죠. 결과적으로 현재를 사는 것도 미래를 사는 것도 아닌 것이 됩니다. 사람들은 마치 절대 죽지 않을 것처럼 살면서 한 번도 진짜 사는 것답게 살아 보지 못하고 죽는 거예요.

저는 아직 어린이에 지나지 않고 모든 문제에 해결책을 갖고 있지도 않습니다. 그렇지만 이 자리에 계신 여러분 모두가 저와 별반 다르지 않다는 것을 아셨으면 합니다. 기분을 상하게 해 드리려는 게 아니라 깨달음을 드리고 싶어서입니다. 우리가 지금 현재 하고 있는 일들을 통해 만들어 가는 미래가 제 눈에는 그리 썩 좋아 보이지 않는다는 것을요. 다음번에 저 같은 어린이와 이야기를 나눌 기회가 되신다면 나중에 커서 무엇이 되고 싶으냐고 물어보는 대신 지금 그들이 원하는 것이 무엇인지 물어봐 주세요. 학생이나 어린이들의 삶에 교육자의 역할이 상당히 크다고 생각합니다. 교육의 목적은 직장 생활의 성공이 아니라 지성인을 만들어 내는 것입니다. 만일 교육자들이 모든 이에게 '지금 네가 원하는 것이 무엇인가?'라고 묻는다면 세상이 바뀔 수도 있을 것입니다. 커서 무엇이 되고 싶으냐는 질문에는 문제가 내재되어* 있습니다. 청소년들이 오늘 할 수 있는 일을 폄하하는* 것이죠. 어린이들에게 오

＊ **내재되다** 어떤 사물이나 범위의 안에 들어 있다.
＊ **폄하하다** 가치를 깎아내리다.

늘 하고 싶은 일을 하려면 미래에 적당한 때가 오기를 기다려야 한다는 생각을 심어 주는 거예요. 왜 그래야 하는 거죠? 우리는 언제든 우리 자신에게 충실해야 합니다.

김나미 옮김

보이는 것이 전부가 아니다

정
민

옛날부터 그림과 시는 아주 가까운 사이였다. 시는 모양이 없는 그림이고, 그림은 소리가 없는 시라는 말도 있었다. 그림 이야기를 통해 시를 이해하는 공부를 해 보기로 하자.

시인은 자신이 하고 싶은 말을 직접 하지 않는다. 사물을 데려와서 사물이 대신 말하게 한다. 그러니까 한 편의 시를 읽는 것은 시인이 말하고 싶었지만 말하지 않고 시 속에 숨겨 둔 말을 찾아내는 일이다. 이것은 숨은그림찾기 또는 보물찾기 놀이와도 비슷하다.

이 점은 화가도 마찬가지이다. 화가는 풍경이나 사물을 그린다. 이때 화가는 화면 속에 자신의 느낌을 직접 표현할 수가 없다. 그림은 사진과 다르다. 화가는 색채나 풍경의 표정을 통해 자신의 생각을 담는다.

이제부터 살펴볼 몇 가지 이야기는 그림이 시와 얼마나 가까운 사이인지 잘 보여 준다.

옛날 중국의 송나라에 휘종 황제가 있었다. 그는 그림을 무척 사랑했다. 그림을 사랑했을 뿐 아니라 그 자신이 훌륭한 화가였다. 휘종 황제는 자주 궁중의 화가들을 모아 놓고 그림 대회를 열었다. 그때마다 황제는 직접 그림의 제목을 정했다. 그 제목은 보통 유명한 시의 한 구절에서 따온 것이었다. 한번은 '꽃을 밟고 돌아가니 말발굽에서 향기가 난다.'라는 제목이 걸렸다.

말을 타고 꽃밭을 지나가니까 말발굽에서 꽃향기가 난다는 말이다. 황제는 화가들에게 말발굽에 묻은 꽃향기를 그림으로 그려 보라고 한 것이다. 꽃향기는 코로 맡아서 아는 것이지 눈으로는 볼 수가 없다. 보이지도 않는 향기를 어떻게 그릴 수 있을까? 화가들은 모두 고민에 빠졌다. 꽃이나 말을 그리라고 한다면 어렵지 않겠는데, 말발굽에 묻은 꽃향기만은 도저히 그릴 수가 없었다.

모두들 그림에 손을 못 대고 쩔쩔매고 있었다. 그때였다. 한 젊은 화가가 그림을 제출하였다. 사람들의 눈이 일제히 그 사람의 그림 위로 쏠렸다. 말 한 마리가 달려가는데 그 꽁무니를 나비 떼가 뒤쫓아 가는 그림이었다. 말발굽에 묻은 꽃향기를 나비 떼가 대신 말해 주고 있었다.

젊은 화가는 말을 따라가는 나비 떼로 꽃향기를 표현했다. 이런 것을 한시*에서는 '입상진의(立象盡意)'라고 한다. 이 말은

＊한시 근대 이전에 한자로 쓰인 시. 주로 중국과 한국, 일본, 베트남에서 만들어졌다.

1부 · 경험은 소중하다

'형상*을 세워서 나타내려는 뜻을 전달한다.'라는 뜻이다. 다시 말해 나비 떼라는 형상으로 말발굽에 묻은 향기를 충분히 전달할 수 있다는 것이다. 여기서 말하는 형상을 시에서는 이미지라는 말로 표현한다. 시인은 결코 직접 말하지 않는다. 이미지를 통해서 말한다. 그러니까 한 편의 시를 읽는 것은 바로 이미지 속에 담긴 의미를 찾는 일과 같다.

휘종 황제의 그림 대회 이야기를 하나 더 해 보자. 이번에는 '어지러운 산이 옛 절을 감추었다.'라는 제목이 주어졌다.

절을 그려야 하지만 감춰져 있어야 한다고 했기 때문에, 이번에도 화가들은 고민에 빠졌다. 어떻게 그려야 할까?

한참을 끙끙대다 화가들은 그림을 그렸다. 그림은 대부분 산을 그려 놓고, 그 숲 속 나무 사이로 절집의 지붕이 희미하게 비치거나, 숲 위로 절의 탑이 삐죽 솟아 있는 풍경이었다. 황제는 불만스러운 표정으로 앉아 있었다.

그때 한 화가가 그림을 제출했다. 그런데 그가 제출한 그림은 다른 화가의 것과 달랐다. 우선 화면 어디에도 절을 그리지 않았다. 대신 깊은 산속 오솔길에 한 스님이 물동이를 이고서 올라가는 모습을 그려 놓았을 뿐이었다.

황제는 그제야 흡족한 표정이 되어 이렇게 말했다.

"이 화가에게 일등 상을 주겠다."

---

* **형상** 마음과 감각에 의하여 떠오르는 대상의 모습을 떠올리거나 표현함. 또는 그런 형태.

사람들이 고개를 갸우뚱했다. 황제가 설명했다.

"자, 이 그림을 보아라. 내가 그리라고 한 것은 산속에 감춰져 보이지 않는 절이었다. 보이지 않는 것을 그리라고 했는데, 다른 화가들은 모두 눈에 보이는 절의 지붕이나 탑을 그렸다. 그런데 이 사람은 절을 그리는 대신 물을 길으러 나온 스님을 그렸구나. 스님이 물을 길으러 나온 것을 보니, 근처에 절이 있는 것을 알 수 있다. 그런데 산이 너무 깊어서 보이지 않는 게로구나. 그가 비록 절을 그리지는 않았지만, 물을 길으러 나온 스님만 보고도 가까운 곳에 절이 있다는 것을 알 수 있지 않겠느냐? 이것이 내가 이 그림에 일등을 주는 까닭이다."

사람들은 그제야 황제의 깊은 뜻을 알아차리고 고개를 끄덕거렸다. 이 화가는 절을 그리지 않으면서 절을 그리는 방법을 알았다. 화가는 그리지 않으면서 절을 그렸다. 시인은 말하지 않고도 자기가 말하고 싶은 것을 말한다. 따지고 보면 하나도 다를 것이 없다.

이제 앞의 그림과 비슷한 한시를 한 수 감상해 보자.

약초 캐다 어느새 길을 잃었지
천 봉우리 가을 잎 덮인 속에서,
산 스님이 물을 길어 돌아가더니
숲 끝에서 차 달이는 연기가 일어난다.

율곡 이이의 「산속」이라는 작품이다. 단풍이 물들고 나더니 어느새 낙엽이 수북이 쌓였다. 어떤 사람이 망태기*를 들고 낙엽 쌓인 산속에서 약초를 캔다.

여름에는 잘 보이지 않던 약초가 낙엽을 들추자 여기저기서 제 모습을 드러낸다. 보통 때는 볼 수 없던 귀한 약초들도 많다. 정신없이 약초를 캐다 보니, 나도 모르는 사이에 깊은 산속으로 들어와 버렸다. 정신을 차려 보니 길에서 한참이나 들어온 가을 산속이다. 낙엽은 어느새 무릎까지 쌓여 오고, 조금 전 내가 올라온 길이 어디인지조차 알 수가 없다.

약초꾼은 그만 덜컥 겁이 난다. 어느새 해도 뉘엿뉘엿해*졌다. 빨리 집으로 돌아가야겠는데 어디가 어딘지 도무지 방향을 알 수가 없다. 덮어놓고 내려가다가 낭떠러지가 나오면 어쩌나? 길을 잘못 들어 전혀 엉뚱한 방향으로 가면 어쩌지? 이러다가 밤이 되면 산짐승들이 내려올 텐데 어찌할까?

이러지도 저러지도 못하고 있을 때였다. 저 건너편 숲 사이로 희끗 사람의 그림자가 보인다. 하도 반가워 자세히 살펴보니 한 스님이 물동이에 물을 길어 가고 있다. 스님의 모습은 금세 숲 사이로 사라지고 말았다. 저리로 가면 스님이 계신 암자*

---

* **망태기** 물건을 담아 들거나 어깨에 메고 다닐 수 있도록 만든 바구니.
* **뉘엿뉘엿하다** 해가 곧 지려고 산이나 지평선 너머로 조금씩 차츰 넘어가는 상태에 있다.
* **암자** 큰 절에 딸린 작은 절.

가 나올까? 혹시 나오지 않으면 어떡하지? 짧은 시간에도 생각은 어지럽기만 하다.

바로 그때다. 스님이 사라진 숲 저편 너머로 연기가 모락모락 피어오른다. 좀 전에 물을 길어 간 스님이 낙엽을 태워 찻물을 끓이고 있는 모양이다. 약초꾼은 모락모락 피어오르는 연기가 구세주*라도 만난 듯이 반가웠겠다. 마치 스님이 약초꾼의 다급한 마음을 알아서 신호탄을 쏘아 올린 듯한 느낌까지 들었을 것 같다. 갑자기 목이 마르다. 어서 가서 스님에게 차 한 잔을 얻어 마셔야지. 하루 종일 캔 약초로 망태기는 이미 묵직하다. 하지만 발걸음이 가벼워져서 무거운 줄도 모른다. 무릎까지 푹푹 파묻히는 숲길도 이제는 조금도 힘들지 않다.

이 시를 그림으로 그리면 어떻게 될까? 낙엽 쌓인 산속에 망태기를 든 약초꾼 한 사람이 먼 곳을 보며 서 있겠지. 스님의 모습은 그리면 안 된다. 다만 숲 저편으로 실오리* 같은 연기가 모락모락 하늘 위로 피어오르면 된다. 앞서 본 휘종 황제의 그림 이야기와 비슷하지 않은가?

정말 소중한 것은 눈에 잘 보이지 않는다. 눈에 보이는 것이 전부가 아니다. 뛰어난 화가는 그리지 않고서도 다 그린다. 훌륭한 시인은 말하지 않으면서 다 말한다. 좋은 독자는 화가가

---

* **구세주** 어려움이나 고통에서 구해 주는 사람을 비유적으로 이르는 말.
* **실오리** 실 한 가닥.

1부 · 경험은 소중하다

감춰 둔 그림과 시인이 숨겨 둔 보물을 가르쳐 주지 않아도 잘
찾아낸다. 그러자면 많은 연습과 훈련이 필요하다.

정민

국문학자, 한양대학교 교수. 지은 책으로 『한시 미학 산책』『정민 선생님이 들려주는 한
시 이야기』『미쳐야 미친다』『책 읽는 소리』『스승의 옥편』『우리 한시 삼백수』등이 있다.

집을 수리하고 나서

이
규
보

우리 집에는 퇴락한* 행랑채*가 있다. 그런데 그중 세 칸이 곧 쓰러질 것만 같아, 어쩔 수 없이 전부 수리를 하게 되었다.

이 일이 있기 전, 그 가운데 두 칸에는 오래전부터 비가 샜었는데, 나는 그걸 알고도 그냥 내버려 두다가 미처 수리를 하지 못하였고, 나머지 한 칸은 한 번밖에 비가 새지 않았을 때 급히 기와를 교체하게 한 적이 있다.

그런데 이번에 수리를 하고 보니 비가 오래 샌 곳은 서까래*와 추녀며 기둥과 들보*가 모두 썩어서 못 쓰게 되었으므로 경비가 많이 들었고, 한 번밖에 비가 새지 않은 곳은 재목들이 모두 온전하여 다시 쓸 수 있었기 때문에 비용을 줄일 수 있었다.

그래서 나는 이런 생각이 들었다.

---

* **퇴락하다** 낡아서 무너지고 떨어지다.
* **행랑채** 대문간 곁에 있는 집채.
* **서까래** 지붕의 뼈대를 이루는 나무 구조물.
* **들보** 지붕틀을 받치기 위해 칸과 칸 사이의 두 기둥을 건너지르는 나무.

　　　　　　　　　　　　　　1부 · 경험은 소중하다

이런 일은 사람의 경우에도 마찬가지가 아닐까. 잘못을 알고서도 즉시 고치지 않는다면, 오래 비를 맞은 목재가 썩어 못 쓰게 되듯이, 자기 몸을 망치게 될 것이다. 반면에 잘못한 일을 거리낌 없이 고친다면, 비 맞은 목재를 다시 쓸 수 있었던 것처럼, 그 잘못한 일은 다시 착한 사람이 되는 데 아무 방해도 되지 않을 것이다.

또한, 여기에만 그칠 일이 아니다. 나라의 정치도 역시 이와 같은 것이다. 모든 일에 있어서 백성에게 큰 피해가 되는 것들을 이리저리 둘러맞추기만 하고 개혁하지 않다가, 백성이 못 살게 되고 나라가 위태해지고 나서야 갑자기 바꾸려 한다면, 나라를 부지하기* 어려운 법이다. 그러니 신중하게 생각하지 않을 수 있겠는가.

김하라 옮김

＊ **부지하다** 상당히 어렵게 보존하거나 유지하여 나가다.

이규보 1168~1241

고려 중기의 문신, 문인. 호는 백운거사(白雲居士). 시와 문장에 뛰어났고, 무신 정권하에서 국가의 요직을 두루 거쳤다. 문집 『동국이상국집』 『백운소설』 등이 있다.

탑차*를 끄는 사계절의 산타

김
지
원
학
생

아빠의 하루를 돕는 내 손은 항상 더러웠다. 까칠하고 물기 하나 없는 그 하루를 살피고 있으면 괜히 살이 베일 것만 같은 느낌이 들었다.

"오늘은 몇 개나 되냐?"

"글쎄, 200개 정도?"

"그렇게 많아?"

"응, 엄청 많아."

내가 그렇게 말하면 아빠는 뿌듯한 웃음을 짓고는 하얀 러닝셔츠를 입은 채, 욕실로 들어갔다. 나는 아빠의 뒷모습을 바라보다가 다시 컴퓨터로 시선을 돌리고 손으로는 계속해서 아빠의 하루를 입력했다.

내가 만지는 아빠의 하루 속에는 여러 글자와 숫자가 빽빽하게 들어 있었다. 그 속에서 나는 항상 열두 자리의 숫자만을

＊ **탑차** 박스 모양의 지붕 있는 화물칸을 갖춘 트럭.

1부 · 경험은 소중하다

골라 입력하면서 아빠의 하루를 상상할 수 있었다. 상상 속 아빠의 모습은 주소를 머릿속 내비게이션에 입력한 뒤 그곳을 향해 뛰거나 운전하는 모습이었다.

"물건이 없어졌다는 거야, 분명 대문 안에 뒀는데."

"그럼 어떡해?"

"근데 알고 보니까 대문 요 틈 사이에 들어가 있다더라."

하지만 열두 자리 숫자를 컴퓨터에 입력하는 모습만으로 아빠가 나의 하루를 모두 알 수 없듯, 나 또한 아빠의 하루를 전부 알 수는 없었다. 깨끗하게 씻고 나온 아빠는 늦은 저녁을 들면서 뜬금없이 그날 있었던 일을 말하고는 했는데, 그때마다 나는 아빠의 하루를 입력한 손이 왜 이리도 더러워지는지 짐작할 수 있었다. 하루에 200장이나 되는 운송장* 속에는 아빠가 뛰거나, 물건을 옮기며 딸려 온 하루의 때가 고스란히 묻어 있었기 때문이다.

내가 아빠의 하루를 직접 본 것은 비가 주룩주룩 내리던 어느 초여름 날이었다. 오락가락하던 빗줄기는 내가 아빠의 차에 올라탄 후부터 가지는 않고 계속 오기만 했다. 아빠를 걱정하는 내 마음도 모른 채, 굵은 빗방울은 아빠가 물건을 배송하려고 차에서 내리는 순간까지도 계속되었다.

"아빠, 우산!"

---

* **운송장** 물건을 실어 나르는 운송인이 화물의 주인에게 물건과 함께 보내는 통지서.

나는 다급하게 소리쳤다. 아빠는 분명 내 말을 들었을 텐데도 우산을 들면 거추장스럽기만 하다는 걸 누구보다 잘 알지 않느냐는 몸짓으로, 그냥 차에서 뛰어내렸다. 그리고 겨우 얼굴만 가리는 모자를 쓴 채로 멀리 사라졌다.

아빠의 뒷모습을 지켜보고 있자니 정말 속상했다. 그날따라 아빠는 자꾸만 주소를 잘 못 찾았고, 비를 맞으며 몇 번이나 차 주변으로 되돌아왔다. 하지만 나는 단 한 번도 아빠에게 우산을 건네지 못했다. 행여 두꺼운 상자로 포장된 물건이 젖을까 상자를 몸 가까이 바짝 쥔 아빠의 손. 나는 그 손이 쥐어야 할 것은 당장의 비를 가려 주는 우산이 아니라 상자라는 것을, 그리고 그것이 아빠의 일이라는 것을 그때 처음으로 알았다.

시간이 흐르고 비가 서서히 잦아들 때쯤, 아빠는 겨우 배달을 마치고 차로 돌아왔다. 그리고 시동을 걸고 히터를 튼 뒤, 빵 하나를 꺼내 나에게 주었다. 빵을 건네는 아빠의 다른 손에는 물건을 배달하고 가져온 아빠의 하루 중 한 조각, 운송장이 들려 있었다. 그 운송장은 금방이라도 찢어질 것만 같았다.

나는 말없이 운송장을 건네받아 내 교복 상의 속으로 집어넣었다. 다행히 내 교복은 진한 붉은색 계열이어서 먼지가 묻거나 잉크가 번져도, 또는 빗물이 스며들어도 전혀 상관없었다. 그래서 나는 아빠가 준 빵을 먹으며 운송장을 내 교복 상의에 대고 말렸다. 보송보송해지지는 않더라도 힘없이 펄럭거리지 말고 빳빳하고 구김 없이 펴지기를 나는 그렇게 바랐던 것 같다.

"송장 번호 좀 알려주실래요?"

"주소가 어떻게 되시죠?"

이 두 마디로 아빠는 모든 물건의 상태를 파악했다. 그러니까 주소만 말해도 그 집 현관이 어떻게 생겼고, 어떤 번호로 전화했지만 아무도 받지 않았으며, 집에 사람이 없어 우유 배달 주머니에 물건을 넣어 두었다고 말할 수 있었다. 아빠의 몸 어딘가에 택배와 관련된 엄청난 용량의 컴퓨터 프로그램이 있는 것 같았다.

"아빠, 어떻게 그런 걸 다 기억해?"

나는 경이로운 눈빛으로 아빠를 바라보며 물었다. 아빠는 정말로 택배에 관한 것이라면 대부분 기억했다.

"이 일을 하다 보면 그렇게 돼. 책임지고 물건을 전해 주어야 하니까."

"아무리 그래도 나는 못 할 것 같아. 막상 물어보면 기억이 가물가물하고."

"처음에는 누구나 그렇지. 근데 하다 보면 그걸 깨달아. 아빠가 배달하는 물건은 아빠보다 그 사람들한테 더 소중해. 나는 물건을 여러 개 배달하지만, 그 사람들은 딱 하나만 기다리니까. 그러니 얼마나 각별하겠어. 쟤들 봐, 산타 할아버지 때문에 일 년 내내 겨울만 기다리는 거."

아빠의 눈길은 나의 어린 두 동생에게 향해 있었다. 내 동생들은 크리스마스에 진짜 산타가 나타나 '뿅!' 하고 좋은 선물을 주기를 바라고 있었다. 아빠는 동생들이 산타를 기다리듯 사람들이 물건을 배달해 주는 자신을 기다리는 것이라고 말했다.

아빠는 오늘도 산타처럼 탑차를 타고, 사람들이 자기 자신에게 보낸 혹은 누군가로부터 온 물건을 배달한다. 운송장에 적힌 정보들을 머릿속에 그려 넣으며 가장 빠른 길을 찾는다. 비가 오거나 눈이 오거나 아빠에게는 배달해야 하는 물건이 가장 소중하다. 아빠는 그들의 집 앞에 도착해 꼭 전화를 하고, 이렇게 말한다.

"집에 아무도 안 계신데, 물건은 누가 가져가지 않게 잘 넣어 놓을게요."

자연은 위대한 스승

김
하
경

어느 날 마당에 앉아 물끄러미 허공을 바라보고 있었습니다. 그때 아주 큼직한 거미 한 마리가 전깃줄과 빨랫줄 사이의 넓은 공간에다 지어 놓은 거대한 거미집이 눈에 띄었습니다. 비 온 뒤라서 거미줄은 온통 영롱한 구슬처럼 반짝반짝 빛났습니다. 그 솜씨가 어찌나 정교하고 미려한지,* 그 신비로움에 감탄하여 한참이나 넋을 잃을 정도였습니다.

그런데 자세히 들여다보니 잠자리 한 마리가 거미줄 가장자리에 걸려 안간힘을 쓰는 모습이 눈에 띄었습니다. 벗어나려고 몸부림을 칠수록 거미줄은 더욱더 잠자리의 가느다란 몸뚱이를 사정없이 죄어 왔습니다. 조금 전까지 신비로움과 아름다움의 대상이었던 거미줄이 갑자기 소름이 오싹 돋는 죽음의 덫으로 변했습니다.

거미줄로 다가가 조심조심 잠자리의 몸을 휘감은 거미줄을

* 미려하다 아름답고 곱다.

떼어 보았습니다. 그러나 어찌나 가늘고 신축성이 뛰어난지 거미줄을 떼어 내기가 여간 힘든 게 아니었습니다. 더욱이 잠자리 날개는 너무 얇고 미세해서 숨을 죽이며 조심조심했는데도 그만 한쪽 날개가 너덜너덜 찢어지고 말았습니다. 가까스로 거미줄을 다 벗겨 냈지만 잠자리는 날 수가 없었습니다. 손바닥 위에 올려놓고 몇 번이나 날려 보았으나 잠자리는 그때마다 곤두박질치듯 바닥으로 떨어지고 말았습니다. 그 뒤 몇 번 더 퍼덕였지만 끝내는 더 이상 움직이지 않았습니다.

결국 거미는 거미대로 먹이를 잃고, 잠자리는 잠자리대로 죽고 만 것입니다. 도와준다고 나선 것이 결과적으로는 둘 다 망치고 만 것입니다.

이런 게 값싼 동정심이란 거구나.

신이라도 되는 것처럼, 돌고 도는 이 자연의 순환, 이 위대한 자연의 섭리를 거스르다니, 바꿔 보겠다고 끼어들다니.

이런 무지몽매*가 없었습니다. 후회막심*이었습니다.

그때였습니다. 어디서 냄새를 맡았는지 귀신같이 알고 개미들이 죽은 잠자리 시체를 향해 떼를 지어 새까맣게 몰려오기 시작했습니다.

바로 저거야!

---

*무지몽매 아는 것이 없고 사리에 어두움.
*후회막심 더할 나위 없이 후회스러움.

1부 · 경험은 소중하다

자연의 가르침에 저절로 머리가 숙었습니다.

자연은 정말 위대한 스승입니다.

○
○
○
김하경

소설가. 1988년 『실천문학』에 단편소설 「전령」을 발표하면서 등단했다. 1990년 『함포
만의 8월』로 전태일 문학상을 받았다. 소설집 『숭어의 꿈』, 장편소설 『눈 뜨는 사람』, 산
문집 『아침입니다』 등이 있다.

할아버지의 엄마 나무

한
아
리
학
생

할아버지의 방에는 그림이 하나 있다. 군데군데 구깃구깃 구겨져 있는 낡은 그림. 문득 그 그림의 정체가 궁금해서 엄마를 붙잡고 물었다.

"이 그림은 뭐예요?"

"그건 네 증조할머니의 사진이야."

깜짝 놀랐다. 그림인 줄 알았는데 다시 보니 사진이었다. 사진을 골똘히 바라보고 있었는데, 갑자기 '딩동!' 초인종이 울렸다. 인터폰 너머로 삼촌이 보였다. 삼촌은 작은 통 하나를 들고 집 안으로 들어오셨다. 삼촌과 할아버지는 통 속의 흙을 바라보며 방에서 한동안 이야기를 나누셨다.

"엄마, 웬 흙이에요?"

"황해도* 연백에서 가져온 흙이래. 이북 5도민* 단체에서

---

* **황해도** 한반도의 중서부에 위치하며 남쪽은 경기도, 서쪽은 서해와 가깝다.
* **이북 5도민** 육이오 전쟁 무렵에 휴전선 북쪽의 황해도, 평안남도, 평안북도, 함경남도, 함경북도에서 남한으로 와 정착한 주민들을 말한다.

1부 · 경험은 소중하다

나누어 주는 걸 삼촌이 어렵게 가져오신 거야."

우리 할아버지는 실향민*이시다. 육이오 전쟁 중에 증조할아버지는 할아버지를 급히 남쪽에 데려다 놓고 나머지 가족들을 데리러 북쪽으로 올라가셨다. 그사이에 휴전 협정*이 맺어져서 남과 북이 갈라졌다. 그렇게 남쪽에 남은 우리 할아버지는 열세 살의 나이에 가족들과 떨어져서 홀로 실향민이 되셨다고 한다.

그동안 이산가족*의 아픔을 깊이 생각해 본 적은 없었다. 가족과 만날 수 없는 상황은 생각만 해도 슬프지만, 전쟁이나 이산가족은 나와 관련이 없다고 생각했기 때문이다. 하지만 나는 며칠 뒤에 보았다. 작은 사진을 오래도록 바라보다가 통 속의 흙을 꺼내 손으로 만지시고, 냄새를 맡아 보시고, 가슴에 품어 보며 눈물을 흘리시는 할아버지의 모습을……. 할아버지는 흙을 통해 당신*의 엄마 얼굴을 만지시고, 엄마의 냄새를 맡으시고, 엄마를 끌어안고 계셨던 것이 아니었을까? 그 순간 마치 내가 할아버지가 된 것처럼 너무 슬프고 속상해서 눈물이 나왔다.

며칠 후 할아버지는 내 손을 잡고 마당 구석에 있는 화단으

* **실향민** 고향을 떠난 뒤 다시 돌아갈 수 없게 된 사람.
* **휴전 협정** 3년 동안에 걸친 육이오 전쟁의 전투 행위를 중지하기로 한 협정.
* **이산가족** 남북 분단 따위의 사정으로 이리저리 흩어져서 서로 소식을 모르는 가족.
* **당신** '그 사람 자신'을 아주 높여 이르는 말.

로 가셨다. 거기에는 삼촌이 가져오셨던 그 통이 있었다.

"우리 이 흙으로 나무를 심을까?"

할아버지의 말씀에 나는 대답 대신 씩 웃었다. 우리는 그 곳에 철쭉을 심었다. 증조할머니는 철쭉꽃을 좋아하셨다고 한다.

"할아버지, 우리 이 나무 이름을 '엄마'라고 지어요."

내가 말하자 할아버지는 "그거 좋다."라고 하며 나를 안아 주셨다. 할아버지의 품이 너무 따뜻해서 또 슬펐다.

할아버지가 가끔씩 증조할머니의 사진을 꺼내어 물끄러미 들여다보시는 모습을 볼 때면 난 조용히 할아버지의 방문을 닫는다. 이제는 안다. 빛바래서 잘 보이지도 않는 작은 사진을 소중히 간직하며 꺼내 보시는 할아버지의 슬픈 마음을.

내년 봄이 되면 '할아버지의 엄마 나무'에 철쭉꽃이 활짝 피 어날 것이다. 예쁜 꽃을 보면서 할아버지가 조금이라도 위안 을 얻으셨으면 좋겠다.

○ 처음 만나는 친구들에게 나를 소개해야 할 때가 있습니다. 나를 가장 잘 나타낼 수 있는 단어 또는 내가 좋아하는 것들로 나를 표현해 보는 건 어떨까요? 나에게 의미 있고 소중한 경험을 떠올리면서 개성이 잘 드러나게 글로 써 봅시다.

❶ 나를 가장 잘 나타낼 수 있는 단어 세 가지를 써 봅시다.

....

❷ 내가 가장 좋아하는 것 세 가지를 써 봅시다.

----

❸ 위에 쓴 것 중에서 몇 가지를 골라서 나에 대해 마음껏 자유롭게 글로 써 봅시다.

○ 우리는 살아가면서 내가 느끼는 감정을 마음속에 묻어 두거나 그냥 지나치기도 합니다. 하지만 일상 속에서 일어나는 다양한 감정을 글로 표현해 보면, 자신과 세상을 이해하는 데 큰 도움을 받을 수 있습니다.

❶ 지난 일주일간 내가 자주 느낀 감정이 무엇이었는지 돌아보고, 그러한 감정이 든 이유를 써 봅시다.

----

❷ 요즘 내가 가장 원하는 것이 무엇인지 떠올려 보고, 그걸 생각할 때 어떤 감정이 드는지 써 봅시다.

----

❸ 다음은 다른 학생들이 여러 가지 감정과 경험을 연결 지어 정리해 본 활동입니다.
이 내용을 참고하여 자신의 감정과 경험을 연결 지은 글을 솔직하게 써 봅시다.

> · **미련**   어렸을 적 너무 비싸서 사지 못했던 장난감.
> · **감사**   내가 다쳤을 때 상처를 치료해 주었던 선생님.
> · **미움**   내 욕을 하고 다니는 친구.
> · **그리움**   세상을 떠난 우리 강아지/전학 가 버린 친구.
> · **책임감**   부모님이 집을 비운 날, 처음으로 동생이랑 둘이 하룻밤을 지냄.
> · **억울함**   모르는 형들이 돈을 빼앗아 감.
> · **기쁨**   내 동생이 태어난 날.
> · **속상함**   지갑을 잃어버린 날/수술비를 빌리러 간 어머니.
> · **용기**   혼자서 낯선 길을 찾아왔던 일.
> · **소중함**   나의 미술 연필.
> · **뿌듯함**   자전거를 처음 배운 일.

내가 고른 감정:

나의 경험:

생각
키우기

'경험'이란 자신이 실제로 보고 듣고 겪어 본 것, 혹은 거기서 얻은 지식이나 깨달은 것을 말합니다. 수필은 시나 소설보다 자신의 경험을 가장 솔직히 드러낼 수 있는 갈래지요. 수필은 소설처럼 꾸며낸 이야기가 아니라 실제로 있었던 일을 바탕으로 자신의 생각이나 느낌을 진솔하게 표현한 글입니다.

수필에는 경험이나 사색을 통해서 얻은 깨달음이 들어 있습니다. 「어느 날 자전거가 내 삶 속으로 들어왔다」에서 보았듯이, 실패를 거듭하다가 마침내 성공한 경험을 통해 세상을 움직여 온 두 가지 비밀을 깨닫게 됩니다. 일단 시작한 일을 도중에 그만둘 수 없다는 것, 노력해도 잘되지 않을 때는 본능에 맡기라는 것이지요. 도전도, 실패도, 성공도 다 소중한 경험입니다. 실패할 것이 두려워 시도조차 하지 않은 일이 있는지 지난 삶을 돌아보게 됩니다. 우리는 도전을 통해 무언가를 이루어 내며 조금씩 성장해 갑니다.

수필은 개인의 경험을 들려주는 데 그치지 않고 드넓은 세상을 향해 더 큰 물음을 던지는 데까지 나아가기도 합니다. 「집을 수리하고 나서」가 대표적인 글이지요. 낡은 집을 수리하는 일상의 작은 경험을 통해 백성에게 피해가 되는 것들을 제때 뜯어고쳐야 나라의 정치가 바로 설 수 있다고 말합니다.

1부 · 경험은 소중하다

개인적인 경험을 통해 얻은 깨달음을 인간의 삶과 정치 현실에까지 적용하고 있어 우리의 시야가 넓어지는 느낌이 듭니다. 작은 잘못이라 해도 그것을 지금 바로 고치지 않으면 나중에는 바로잡기 힘들지요. 여러분은 혹시 작은 문제를 제때 처리하지 않고 미루다가 일이 커져 힘들었던 경험이 있나요?

글쓴이의 다양한 경험이 담긴 책을 꾸준히 읽는다면, 간접 경험이 풍부해지고 마음도 한결 풍요로워집니다. 어디 그뿐인가요. 문해력도 키울 수 있습니다. 『땀 흘리는 글』(송승훈 외 엮음, 창비교육 2020)은 의사, 요리사, 콜센터 직원, 패스트푸드 배달원 등 각자의 분야에서 고군분투하며 살아가는 스물네 명의 생생한 이야기가 담겨 있습니다. 땀 흘려 일하는 사람들의 소중한 일상뿐만 아니라 이들이 일터에서 겪는 많은 어려움을 실제로 어떻게 이겨내고 있는지도 엿볼 수 있습니다. 『어린이라는 세계』(김소영 지음, 사계절 2020)는 독서 교실을 운영하는 글쓴이가 어린이들과 함께하며 발견한 흥미로운 세계를 보여 줍니다. 어른들이 무심히 지나치는, 그러나 어린이들에겐 소중한 순간들을 글쓴이는 세심하게 들여다보고 정성껏 기록했습니다. 나이가 어리고 약하다는 이유로 어린이를 무시하고 함부로 대했던 적은 없는지 되돌아보게 됩니다. 어린이의 말 한마디에도 귀 기울여 주고 존중해 주는 글쓴이의 따뜻한 마음을 느껴 보길 바랍니다.

2부

다름이 아름답다

　2부에는 내가 가진 생각들을 돌아보고, 우리가 함께 살아가는 세상을 만나는 데 도움이 되는 글들을 엮었습니다. 세상은 나 혼자만이 살아가는 곳이 아니며 우리는 살아가면서 다양한 존재들과 조우합니다. 나와 비슷한 환경 속에서 살아가는 사람이 있는가 하면, 완전히 다른 삶을 살아가는 사람도 많습니다. 사람이라면 누구나 자신만의 생각을 가지고 있기에 같은 현상이나 일에 대해 서로 다른 판단을 할 수도 있습니다. 만약 서로 반대되는 생각을 가지고 있다면 어떻게 표현하고 전달해야 할까요? 나의 즉각적인 감정이나 섣부른 판단이 다른 사람을 향한 태도나 행동을 결정짓지 않도록 적절히 다스리려면 어떻게 해야 할까요? 2부에서는 다른 사람과 공감을 주고받으며 서로 다른 삶을 이해하고 존중해 나가기 위한 글들을 만나 보겠습니다. 차이가 차별이 되지 않도록 우리의 언어생활도 함께 성찰해 봅시다.

잘 준비된 말을

이
해
인

　전문적으로 글을 쓰는 사람이든 아니든 간에 시나 산문 등을 하나의 작품으로 탄생시키기까지는 참으로 남모르는 아픔과 인내, 아낌없는 정성과 노력이 요구된다. 나 역시 글을 쓸 때는 마음에 드는 적절한 표현을 찾기 위해 수없이 종이를 버리며 잠을 설칠 때도 많고, 옆 사람이 눈치를 챌 만큼 끙끙 몸살을 앓곤 한다. 글을 쓰기 위해 이렇듯 힘든 과정을 거칠 때마다 나는 겉으로 드러나는 나의 언어생활을 한 번씩 되돌아보게 된다. 내가 말을 할 때도 글을 쓸 때만큼 심사숙고하고* 이것저것 미리 헤아려 분별* 있는 말을 하도록 애쓴다면, 성급하고 충동적인 말로 다른 이의 마음을 상하게 하는 일은 거의 없을 것이라는 생각이 든다. 깊이 생각하지 않고 쉽게 뱉어 버린 말들 때문에 빚어지는 오해나 불신이 우리 주변에는 얼마나

＊심사숙고하다 깊이 잘 생각하다
＊분별 서로 다른 일이나 사물을 구별하여 가름. 세상 물정에 대한 바른 생각이나 판단.

많은가?

누가 어쩌다 한결같이 겸허하고 예의 바르고, 품위 있는 말씨를 쓰면 다시 한 번 그 사람을 쳐다보며 감탄할 만큼, 요즘 우리의 언어생활은 퍽도 거칠고 삭막해졌음을 자주 절감한다.*

흔히 글은 오래오래 종이에 남는 것이고, 말은 그냥 사라지는 것쯤으로 생각해 버리기 쉽지만, 한마디의 말 또한 듣는 이의 마음속에 오랫동안 간직될 수 있는 것이라고 한다면 우리는 얼마나 신중을 기해야 할 것인가? 한 사람의 펜으로 쓰인 글은 그 사람 특유의 개성을 지닌 작품이 되듯이, 한 사람의 입에서 나온 말 또한 그 사람의 인격을 드러내는 하나의 작품이라고 할 때, 우리는 결코 함부로 말할 수가 없으리라. 너도나도 바쁘게 살다 보니 생각할 시간이 별로 없다고 해도, 우리는 매일 잠깐씩 일부러라도 틈을 내어, 마음 깊은 곳으로 들어가 자신의 언어생활을 점검해 보고 늘 잘 준비된 말을 할 수 있도록 최선을 다해야 할 것이다. 말을 할 때마다 마음의 준비를 하며, 꾸준히 자신을 성찰해 간다면 아무래도 부정적인 말보다는 긍정적인 말을 더 하게 될 것 같다. 자기와 남을 이롭게 하고 기쁘게 하는 좋은 말, 선한 말만 골라 하기에도 시간이 모자라는데, 남을 비난하고 상관도 없는 일에 끼어들어 흥분하거나, 불평과 짜증과 푸념으로 시간을 보낸다면 얼마나 어리석은 일이

* **절감하다** 절실히 느끼다.

2부 · 다름이 아름답다

겠는가? 마음먹기에 따라서 우리는 얼마든지 말의 질을 높일 수가 있고, 이것은 곧 삶의 질을 향기롭게 높이는 것이라 생각한다.

이유 없이 남을 깎아내리는 말, 무례하고 오만하고 이기적인 말, 천박하고 상스러운 말은 아예 입에 담지를 말자. 잘 안된다면 적어도 우선은 횟수를 줄이려고 노력하자. 우리의 말씨가 거칠어지는 것이 시대 탓, 무분별한 대중 매체 탓이라고만 하지 말고, 우리의 끊임없는 노력으로 매일의 언어생활을 참으로 선하고, 진실하고, 아름다운 작품으로 꽃피우자.

이해인

시인, 수녀. 1970년 『소년』지에 동시를 발표하며 등단했다. 시집 『민들레의 영토』 『내 혼에 불을 놓아』 『서로 사랑하면 언제라도 봄』 『꽃은 흩어지고 그리움은 모이고』 『작은 기쁨』 등이 있고, 동시집 『엄마와 분꽃』, 산문집 『두레박』 『꽃삽』 『사랑할 땐 별이 되고』 『풀꽃 단상』 『사랑은 외로운 투쟁』 등이 있다.

열보다 큰 아홉

이
문
구

오늘은 아홉과 열이라는 수가 지니고 있는 뜻에 대해서 생각해 보기로 합시다.

잘 아시다시피 열은 십·백·천·만·억 등의 십진급수*에서 제일 먼저 꽉 찬 수입니다. 그러므로 이 열에 얼마를 더 보태거나 빼거나 한다면 그것은 이미 열이 아닌 다른 수가 됩니다.

무엇을 하기에 그 이상 좋을 수가 없이 알맞은 경우에 '십상 좋다.'고 말하는 십상도, 열 십(十) 자와 이룰 성(成) 자에서 나온 말입니다. 그만큼 열이란 수는 이미 이룰 것을 이룩한 완전한 수이며, 성공을 한 수인 것입니다.

그러면 아홉이란 수는 어떤 수입니까? 두말할 필요도 없이 열보다 하나가 모자라는 수입니다. 다시 말하면, 완전에 거의 다다른 수, 거기에 하나만 보태면 완전에 이르게 되는 수, 그래

---

* **십진급수** 십진법으로 얻은 여러 가지의 단위에 붙는 이름. 십, 백, 천, 만, 억, 또는 할, 푼, 리, 모 따위가 있다.

2부 · 다름이 아름답다

서 매우 아쉬움을 느끼게 하는 수인 것입니다.

그러면 아홉은 정녕 열보다 적거나 작은 수일까요? 그렇지 않습니다. 예를 들어 보겠습니다.

끝없이 높고 너른 하늘을 십만 리 장천이라고 하지 않고 구만리장천이라고 합니다. 젊은이더러 앞이 구만리 같은 사람이라고 하는 말과 같은 뜻이지요.

굽이굽이 한없이 서린 마음을 구곡간장이라고 하고, 굽이굽이 에워 도는 산굽이가 얼마인지 모르는 길을 구절양장이라고 하고, 통과해야 할 문이 몇이나 되는지 모르는 왕실을 구중궁궐이라고 하고, 죽을 고비를 수도 없이 넘기고 살아난 것을 구사일생이라고 표현하고 있습니다.

또 있습니다. 끝 간 데가 어디인지 모르는 땅속이나 저승을 구천(九泉)*이라고 하고 임금보다 한 계급 모자라는 대신인 삼공육경*을 구경*이라고 합니다. 문화재로 남아 있는 탑들을 보면, 구층 탑은 부지기수*로 많아도 십층 탑은 아직 보지 못하였습니다.

동양에서는, 그중에서도 특히 우리나라에서는, 오랜 옛날부

＊**구천** 땅속 깊은 밑바닥이란 뜻으로, 죽은 뒤에 넋이 돌아가는 곳을 이르는 말.
＊**삼공육경** 조선 시대에, 삼정승과 육조 판서를 통틀어 이르던 말.
＊**구경** 삼정승 다음가는 아홉 고관직. 육조(이조·호조·예조·병조·형조·공조)의 장관인 판서, 의정부의 좌참찬과 우참찬, 한성부의 장관인 판윤. 국어사전에 따르면 '삼정승(삼공)'은 구경에 포함되지 않으므로 이 글에서 "삼공육경을 구경"이라 한 것은 잘못된 말이다.
＊**부지기수** 헤아릴 수 없을 만큼 많음. 또는 그렇게 많은 수효.

터 열보다 아홉을 더 사랑했습니다. 얼마나 사랑했으면 아홉 구 자가 두 번 든 음력 구월 구일을 중양절*이니, 중굿날이니 하는 이름으로 부르면서, 천 년이 넘도록 큰 명절로 정하고 쇠 어 왔겠습니까.

우리의 조상들이 열보다 아홉을 더 사랑한 것은 무슨 까닭이었을까요? 간단히 말해서 모든 일에 완벽함을 기대하지 않았다는 뜻이 아니었을까요? 다시 말하면, 이 세상에 완전한 것은 없다는 사실을, 우리의 선조들은 아주 오랜 옛날부터 익히 알고 있었다는 것입니다.

우리가 흔히 듣는 말에 "모든 기록은 깨어지기 위해서 있다."라는 말이 있습니다. 이 말이 맞지 않는 말이라면, 여러분이 아시다시피 세계 제일의 기록만을 수록하는 『기네스북』도 해마다 다시 찍어 내야 할 이유가 없겠지요.

모든 기록이 반드시 깨어지기 마련인 것은, 그 기록을 이룩한 것이 인간이기 때문이라고 생각합니다. 인간은 저마다 무한한 가능성을 타고난 사실과 아울러서, 이 세상에 완전한 인간은 결코 어디에도 있을 수가 없다는 사실 또한 그 스스로가 증명해 주는 존재이기도 합니다.

열이란 수가 넘치지도 않고 모자라지도 않고, 또 조금도 여

---

* **중양절** 세시 명절의 하나로 음력 9월 9일을 이르는 말. 이날 선비들은 시를 짓고 각 가정에서는 국화전을 만들어 먹었다.

2부 · 다름이 아름답다

유가 없는 꽉 찬 수, 그래서 다음도 없고 다음다음도 없이 아주 끝나 버린 수라는 점에서, 아홉은 열보다 많고, 열보다 크고, 열보다 높고, 열보다 깊고, 열보다 넓고, 열보다 멀고, 열보다 긴 수였으며, 그리하여 다음, 또 그다음, 그도 아니면 그 다음다음을 바라볼 수 있는, 미래의 꿈과 그 가능성의 수였기에, 슬기롭고 끈기 있는 우리의 선조들에게 일찍부터 열보다 열 배도 넘는 사랑을 담뿍 받아 왔던 것입니다.

하물며 여러분은 지금 한창 자라고, 한창 배우고, 한창 놀아야 할 중학생입니다. 여러분은 지금 무엇 한 가지도 완벽할 수가 없으며, 항상 어딘가가 부족하고 어설픈 것이 오히려 정상적인 학생입니다. 행여 무엇이 남들보다 모자란 것이 아닌가 싶어서 스스로 괴로워하고 외로워하고 서글퍼해 온 학생이 있다면, 어떨까요, 이제부터라도 열이란 수보다 아홉이란 수를 더 사랑해 보는 것은.

이문구 1941~2003

소설가. 1966년 『현대문학』을 통해 등단했다. 주요 소설로 『관촌수필』 『우리 동네』 『유자소전』 『내 몸은 너무 오래 서 있거나 걸어왔다』, 동시집 『개구쟁이 산복이』 『산에는 산새 물에는 물새』 등이 있다.

감정 연습을 시작합니다*
―짜증 나, 건드리지 마

하
지
현

이윤희 그림

* 이 글의 원래 제목은 「짜증 나, 건드리지 마」(『감정 연습을 시작합니다』, 창비 2022)이다. 교과서에
  수록하면서 제목을 바꾸었다.

2부 · 다름이 아름답다

참으면 병 된다

아침부터 컨디션이 좋지 않았는데, 학교에서 친구가 지나가다 실수로 툭 친 일에 평소보다 거칠게 대응하고 말았습니다. 지금 준기가 느끼는 감정은 무엇일까요? 분노, 억울, 짜증? 비슷한 듯 다른 이 세 개의 감정에 대해서 생각해 봅시다.

일단 먼저 화를 내는 것이 꼭 나쁜 것만은 아니라는 걸 말하고 싶어요. 분노는 나를 지켜 주는 기능이 있습니다. 지금 내가 화가 나 있다는 것을 적극적으로 알려서 나를 공격하지 못하게 하고, 내 주변을 지킬 수 있거든요. 어미 개가 강아지를 지키기 위해 으르렁하고 이를 드러내고 짖는 것을 떠올려 보세요. 그 덕분에 사람들은 강아지를 만지지 않고 지나가고 어미 개는 강아지들을 지킬 수 있습니다.

이와 같이 화를 내는 것은 내 안의 에너지를 한 번에 분출시키는 것인데, 준기가 툭 치고 지나간 친구를 향해 화를 표현한 것과 같이 분노의 대상과 목표가 분명한 것이 특징입니다. 분노의 감정이 들면 그 대상을 향해 가깝게 다가가게 하고, 원하는 목적을 이루기 위해 에너지를 한껏 분출하도록 하지요. 그래서 화를 한 번 내고 나면 기운이 푹 꺼지는 느낌이 드는 것입니다.

그래서 필요할 때 화를 내는 것은 꾹꾹 참기만 하는 것보다 나아요. 여러 연구를 보면 목적이 있는 분노는 스트레스를 줄여 준다고 합니다. 너무 오래 화를 참고 누르기만 하면 마음의 병이 생기기도 하죠. 할머니들이 "화병이 났어."라고 하는 것은 화를 많이 내서 병에 걸린 게 아니라 너무 오랫동안 화를 참고 표현하지 못해 우울해지고, 눈물이 쉽게 나고, 몸이 아픈 증상이 생긴 것입니다. 그걸 화병이라고 해요.

그렇지만 그 분노는 적절한 곳에, 맞는 대상을 향해, 화가 난 만큼 적당량을 분출해야 합니다. 그런데 그 '적당히'가 참으로 어렵지요. 그래서 미국의 문학가 마크 트웨인은 "분노는 염산과 같다. 산을 뿌리는 대상보다 산을 담고 있는 그릇에 더 큰 해를 끼칠 수 있다."라고 했습니다. 분노는 마치 총알이 장전되어 있는 총과 같아서 제대로 다루지 않으면 도리어 자신에게 위험하지요. 그러니 화를 적절하게 내는 법을 배워야 합니다.

분노의 과잉 반응, 짜증

자, 이제 억울함에 대해서 생각해 봅시다. 이것도 화가 나기는 마찬가지예요. 그런데 내가 뭘 잘못한 게 하나도 없는데 혼이 나거나 곤경에 처했을 때 느끼는 것이 바로 억울함입니다. 그래서 화가 나고 답답하죠. 즉, 분노가 생기기는 하는데 어떤 대상이 있다기보다는 그 화가 나는 상황이 핵심입니다. 억울하다는 감정은 결백한 사람이 잘못을 저질렀다고 판정을 받게 된 상황일 때 생기는 거죠.

그렇다면 짜증은 뭘까요? 짜증은 화를 낼 일에 화를 냈지만, 보통 때 같으면 그러지 않았을 상황에 과민한 반응을 보이는 것을 말합니다. 만일 준기가 열이 나지 않고 컨디션이 좋은 날이었어도 친구가 지나가다 쳤을 때 저렇게 화를 냈을까요? 그렇지 않았을 것입니다. 그래서 친구도 당황했던 것이죠. "뭘 그런 걸 가지고 화를 내냐."라고 말을 한 것입니다. 즉, 짜증은 예상했던 것보다 더 심한 분노 반응을 보이는 것입니다. 준기도 지금 자신이 괜히 짜증을 냈다는 것, 이 정도로 주먹을 들 만한 일은 아니라는 것을 금방 알아차렸어요.

그래서 더 민망하고 창피해서 고개를 푹 수그리고 책상에 엎어져 버렸던 것이죠. 하지만 어쩌겠어요, 갑자기 욱하고 반응을 해 버렸는데 말이에요.

흔히 "아, 짜증 나."라고 쉽게 말을 합니다. 그렇지만 이 말은 내가 어떤 상황에서 과잉 반응을 할 것 같을 때 써야 제격입니다. 화를 내는 것, 억울한 것, 그리고 짜증이 나는 것은 이렇게 비슷해 보이나 다른 감정을 표현할 때 쓰는 말입니다.

화가 나도 파란불을 기다려

화가 날 일에 그런 상황을 제공한 대상에게 분노를 표현하는 것은, 화를 내는 정도가 적당하다면 할 수 있는 일입니다. 그런데 이왕이면 주먹이 앞서기보다 말로 할 수 있는 것은 말로 했으면 해요. 욕을 하기보다는 "나 이건 참 화가 나. 마음에 들지 않아."라고 내 감정을 분명히 먼저 표현하는 것이 좋습니다. 그렇지만 그게 참 쉽지 않죠. 앞에서 이를 드러내고 으르렁거리는 어미 개의 예를 들었듯이 분노의 표현은 본능적으로 생존을 위해 작동하는 즉각적인 자동 반사와 같거든요.

하지만 우리가 생활하는 환경에서는 어미 개와 같이 바로 달려들어서 으르렁댈 일은 거의 없습니다. 그런데 화를 내야 할 것 같고 왕창 분출해야 할 것 같은 마음이 들 때가 있어요. 화를 확 내고 나중에 후회하는 일이 자꾸 일어난다면, 화를 내기에 앞서서 잠깐 멈추고 하나, 둘, 셋을 세어 봅시다. 그러면서 신호등을 떠올려 보세요. 자동차를 몰고 갈 때 빨간불이 켜지면 일단 멈추고 신호가 파란불로 바뀔 때까지 기다려야 하죠. 지금 화가 난 상태는 빨간 신호등이 켜진 상태입니다.

잠시만 생각해 보세요. 지금 내가 내려는 화가 적당한 것인지 아니면 너무 과한 것인지. 길을 무단 횡단하다가 경찰에 잡힌 사람에게 "넌 사형이야!"라고 구형*을 하는 검사가 된 것

---

* **구형** 형사 재판에서, 피고인에게 어떤 형벌을 줄 것을 검사가 판사에게 요구하는 일.

은 아닌지 말이에요. 아마도 곧, 지금 여기서 적당한 수준은 어느 정도인지, 아니면 이번에는 그냥 넘어가도 될지 깨달을 수 있을 겁니다.

신호등은 곧 파란불로 바뀌어요. 이때 우회전을 할지, 직진을 할지, 돌아서서 갈지 우리는 지혜로운 결정을 할 수 있습니다. 이때 표현하는 감정은 자연스러운 일입니다. 이런 순서를 지켜 본다면 화를 내는 게 꼭 나쁜 것도, 무서운 것도, 폭주해서 내가 다 망가져 버릴 것만 같은 일도 아니라는 걸 점점 알아가게 될 거예요. 감정은 이렇게 잘 다스려서 쓸 줄만 안다면 나를 위협으로부터 방어해 줄 뿐 아니라 스스로를 괜찮다고 여기게 만들어 줍니다.

하지현

정신건강의학과 전문의. 건국대학교 의학전문대학원 교수. 지은 책으로 『청소년을 위한 정신 의학 에세이』 『지금 독립하는 중입니다』 『불안 위에서 서핑하기』 『고민이 고민입니다』 『포스트 코로나, 아이들 마음부터 챙깁니다』 『꾸준히, 오래, 지치지 않고』 등이 있다.

2부 · 다름이 아름답다

부정적인 감정에 사로잡힌 나에게
가장 필요한 것은

전
수
경

하루를 생활하면서 절대 지나칠 수 없는 것이 있다면 우리의 '감정'을 빼놓을 수 없을 겁니다. 학교나 집을 비롯한 여러 장소와 상황에서 벌어지는 다양한 일에 대해 마음속으로 일어나는 감정은 하루에도 수십 가지가 생겨나지요. 그래서 심리 상담에서는 '감정 카드'라는 도구를 자주 사용합니다. 하루 혹은 일주일간 일어난 다양한 감정을 질문하며 여러 가지 감정에 관해 이야기하는 거죠.

누군가는 날씨를 우리의 감정에 비교하기도 합니다. 맑다가도 갑자기 비가 내리는 등 날씨가 매우 다양하듯 우리가 느끼는 감정도 매우 다양하죠. 희로애락*의 단순한 구분이 아니라 '가슴 미어지는', '외롭지만 여유로운' 등 매우 복잡하고 다양한 감정들이 있어요.

우리는 다양한 감정을 가지고 있지만 단순하게 두 가지로

＊ **희로애락** 기쁨과 노여움과 슬픔과 즐거움을 아울러 이르는 말.

감정을 나눠 버리는 경우가 많습니다. 흔히 긍정적인 감정과 부정적인 감정으로 구별하는데, 긍정적인 감정은 우리에게 유쾌한 느낌을 주고 웃음이나 미소로 표현되며 여러 사람과 그 감정을 나누고 싶어 하죠. 그런데 부정적인 감정은 우리에게 나쁜 영향을 주는 감정이라고 생각해서인지 어떻게든 피하려 하고 표현하지 않으려 애씁니다.

하지만 부정적인 감정 역시 우리가 생활하면서 느끼는 아주 소중한 감정이고 우리를 보호해 주는 고마운 감정이라는 사실, 알고 있나요? 만약 늦은 밤 어두운 데다 아무도 없는 길에서도 불안이나 두려움을 느끼지 못한다면 우리는 위험에 노출되는 일이 훨씬 많아질 것입니다. 또 교실 안에서 선생님께 혼이 나거나 친구들과 어울리며 부끄럽고 화가 나는 일을 겪었다면 다시는 그런 상황이 벌어지지 않도록 노력할 테죠. 이렇듯 우리가 느껴지는 감정은 우리에게 해를 주기 위함이 아니라 우리 자신을 우리가 이해하게 하고 우리를 보호하기 위한 신호등입니다. 파란불과 빨간불 사이에 노란불이 있듯 다양한 감정을 느끼는 건 우리의 행동과 마음을 이해하게 하고 준비하게 하죠.

쉽게 이분법*적으로 나누고 있는 부정적인 감정과 긍정적

---

* **이분법** 어떠한 대상이나 가치를 둘로 나누는 논리적인 방법. 여러 가지 가능성이 있음에도 불구하고 두 가지(흑 아니면 백)로 한정하여 생각하는 방식을 '이분법적 사고'라 일컫는다.

인 감정은 모두 소중하고 우리에게 도움이 되는 긍정적인 감정이에요. 단지 유쾌한 감정과 유쾌하지 않은 감정 중 어느 쪽에 더 치우쳐 있는가의 차이가 있을 뿐입니다.

많은 정신건강 관련 연구자들은 모든 감정이 중요하며 그 감정들이 우리에게 자연스럽게 생성되었다가 또 자연스럽게 사라져야 건강하다고 이야기합니다. 그렇다면 왜 사람들은 긍정과 부정으로 감정을 나누고 부정적인 감정을 느끼지 말아야 하는 감정으로 취급하는 것일까요? 아마 유쾌하지 않은 감정을 오래 간직하고 있으면 힘들어지기 때문이라고 생각됩니다.

그럼 이제 궁금한 게 하나 생겼을 거예요. 유쾌하지 않은 감정을 자연스럽게 사라지게 하는 방법은 과연 무엇일까요?

예를 들어, 가장 친한 친구가 유쾌하지 않은 감정을 느끼고 있는 것을 알았다면 여러분은 어떻게 하나요? 친구의 경험을 들어주고 그 감정을 함께 나누며 괜찮다고, 그럴 수 있다고 위로하며 신경 써 줄 가능성이 높죠. 친구가 아닌 자신이 유쾌하지 않은 감정을 느끼고 있는 것을 알았다면 어떻게 하나요? 아마 잠을 청해서 잊으려 하거나 왜 그런 일이 벌어졌는지, 내가 왜 그런 행동을 했었는지 후회하고 자신과 타인을 탓하게 되기 쉽죠.

이 두 가지 경우를 비교해 보면 친한 친구와 자기 자신에 대한 태도가 너무 다르다는 것을 알 수 있습니다. 우리 스스로도 유쾌하지 않은 감정을 느낀 자신을 위로하며 다독여 주어야 합니다. 유쾌하지 않은 감정을 보살펴 준다면 그 감정의 힘은 점점 약해지고 자연스럽게 우리에게서 빠져나가게 될 거예요.

미움을 받는 아이가 더 떼쓰고 화내듯이 유쾌하지 않은 감정을 미워하고 없애려고만 한다면 더 성이 나고 우리의 에너지를 빼앗아 갈 것입니다. 그러니 우리가 진짜 보살펴 주어야 할 감정이 무엇인지 잘 알아야 합니다.

자, 오늘부터 유쾌하지 않은 감정이 다가오는 것 같다면 자신에게 먼저 말해 주세요. "그래, 충분히 그럴 수 있어. 지금의 기분은 당연한 거야."라고요. 그리고 당장 기분이 나아지지 않아도 조금 기다려 주세요. 쉽게 사라지지 않은 미소처럼 모든 감정에는 여운이 있다는 걸 기억하면서 말이죠.

전수경
미술 치료 및 아동심리 치료 전문가. 차의과학대학교 심리학전공(미술치료) 교수 및 한양대학교 아동심리치료학과 겸임교수.

피하고 싶은 '징크스', 해야만 하는 '루틴'

공규택

버릇을 준수하라

테니스는 매우 민감한 스포츠이다. 특히 경기를 시작하는 서브를 넣을 때는 예민해진 선수를 배려해서 관중은 침묵하는 것이 관례일 정도이다. 선수들은 민감한 상황에서 일관된 서브를 하려고 자신만의 버릇을 고집한다. 예를 들어 어떤 선수는 서브를 넣기 전 수십 번 공을 튕기고, 어떤 선수는 새 공을 코에 대고 냄새를 맡는다. 또 머리카락을 귀 뒤쪽으로 넘기고 라켓으로 공을 칠 때 괴성을 지르는 선수도 있다.

세계적인 한 테니스 선수는 서브를 넣을 때마다 철두철미하게 지키는 버릇이 한두 가지가 아니다. 일단 공을 코트에 세 번 튕긴다. 실수로 두 번이나 네 번을 튕기는 일조차 없다. 이어서 엉덩이에 낀 바지를 오른손으로 잡아 뺀다. 이후 양쪽 어깨와 코, 귀를 차례대로 만지고 나서야 비로소 서브를 넣는다.

그는 다른 순간에도 수많은 버릇을 고집한다. 경기 시작 전 코트에 들어설 때 항상 왼손에 라켓을 쥐고, 재킷을 벗는 동안 계속 점프하며, 음료수 병을 자신이 원하는 방향으로만 일정하게 놓는 등의 유별난 버릇은 한 일간지가 세부적으로 분석해서 기사화할* 만큼 시시콜콜하고 집요하다. 기사에 따르면 이 선수의 버릇은 열아홉 가지나 된다.

루틴과 징크스, 무엇이 다른가

긴 예비 동작 때문에 종종 시간을 끈다는 비난을 받는데도 불구하고 선수들은 경기 내내 이런 동작을 취하는데, 바로 이것이 그들의 루틴(routine)이기 때문이다. '루틴'이란 스포츠에서 '어떤 목표 행동을 하기 전에 긴장감을 떨치려고 습관적으로 행하는 반복적 행동'을 일컫는 말이다. 연습할 때 취한 행동을 실전에서 그대로 하는 것이다.

스포츠 심리학자에 따르면, 루틴은 선수가 최상의 컨디션으로 최대 능력을 낼 수 있는 상태를 만드는 데 반드시 필요하다. 바꿔 말해 루틴은 궁극적인 행동 목표를 위한 긍정적인 행동 습관이라고 할 수 있다.

루틴은 스포츠뿐만 아니라 우리의 일상생활에서도 흔히 나타난다. 예컨대 우리는 등교하면서 평소에 다니던 길로만 다니지, 다른 길로 가려는 시도는 잘 하지 않는다. 매일 다니던 그 길이 심리적으로 가장 안정적이고 익숙하기 때문이다. 중

---

* **기사화하다** 어떤 사건, 사실 따위를 기사의 형태로 갖추게 하다.

요한 시험을 앞두고서 평소와 똑같이 자고, 평소에 먹는 대로 먹으라고 조언하는 것도 같은 원리이다.

루틴은 행동만 일컫는 말이 아니다. 경기 전 인터뷰에서 "이길 수 있다."라든지 "자신 있다."라고 호언장담하는* 선수를 흔히 볼 수 있다. 이런 말은 단순히 허세나 자만심이 아니라, 스스로 잘할 수 있다는 자신감을 불러일으키는 행위이다. 이렇게 긍정적인 자기 암시로써 스스로를 다스리는 것 또한 루틴이라고 할 수 있다. 올림픽 펜싱 경기에서 "할 수 있다!"를 반복하며 불리한 상황을 극복하고 금메달을 획득한 선수의 경우가 좋은 사례이다.

루틴은 '징크스(jinx)'라는 개념과 매우 유사하다. 징크스는 원래 좋지 않은 일이 운명적으로 일어나는 것을 말한다. 예컨대 경기 전에 수염을 깎았더니 패했다면 면도라는 행위 자체가 해당 선수에게는 징크스가 되고, 미역국을 먹은 당일에 경기장에서 미끄러지거나 넘어지면 미역국을 먹는 행위는 그 사람에게 징크스가 된다. 축구 경기에서 골대를 맞히면 그날은 이기지 못한다는 속설도 징크스에 해당한다.

스포츠 선수에게 징크스는 자신이 경험한 행동으로 인해 우연히 나쁜 결과가 초래됐을 때, 그것을 단순히 우연으로 여기지 않고 강력한 인과 관계*가 있는 것으로 생각해서 과도하게

---

* 호언장담하다 호기롭고 자신 있게 말하다.

집착하는 행동이다. 그래서 경기에 패하지 않으려고 면도를 하지 않고, 미끄러지지 않으려고 미역국을 먹지 않으며, 골을 넣어 승리하려고 자신의 슛이 골대에 맞지 않기를 바란다. 즉, 그들에게 면도, 미역국, 공이 골대에 맞는 일은 피하고 싶은 것이 된다.

루틴과 징크스에 집착하는 선수들의 태도는 모두 스포츠 경기에서 승리하기 위한 몸부림이라는 점에서 동일하다. 그렇다면 이 둘은 어떤 차이가 있을까? 혹자는 루틴을 '긍정적 징크스'라고 부르기도 하는데, 루틴과 징크스는 유사하지만 다음과 같은 차이가 있다. 루틴은 긍정적 결과를 끌어내기 위해 '해야만' 하는 행동이고, 징크스는 나쁜 결과를 피하기 위해 '하지 말아야' 할 행동이다. 즉, 루틴은 늘 하던 대로 하면 잘할 수 있다는 마음에서, 징크스는 나에게 해가 되는 결과를 피하고 싶은 마음에서 나온다.

세 살 루틴 여든까지 가면 달인 된다

루틴과 징크스가 좋은 목적을 달성하기 위한 행위라면, 이를 실생활에 적용하면 어떨까? 실제로 루틴은 우리 삶에 긍정적으로 작용할 가능성이 크다. 우선 나쁜 징크스를 루틴으로 극복할 수 있다. 수염을 깎으면 경기에서 패배하는 징크스가

＊**인과 관계** 한 현상은 다른 현상의 원인이 되고, 그 다른 현상은 먼저의 현상의 결과가 되는 관계.

　　　　　　　　　　　　2부・다름이 아름답다

있더라도, 평소 루틴이 내 몸에 강력히 자리 잡고 있으면 승리를 쟁취할 수 있다. 징크스는 인과 관계가 거의 없지만, 루틴은 인과 관계가 강하기 때문이다.

몸에 밴 루틴은 긴박한 순간에도 중요한 사항을 빠뜨리지 않게 해 준다. 또 일관된 행동이나 생각은 상황이 달라져도 사람이 안정된 심리 상태를 유지하도록 도와주기 때문에, 일의 성공 확률을 높이고 불확실성을 줄인다. 평소 긍정적인 습관을 많이 들인 사람이 스포츠뿐 아니라, 삶 속에서 좋은 성과를 거둘 수 있는 이유가 바로 여기에 있다.

한 가지 일을 루틴으로 꾸준히 실행하면 전문적인 실력을 갖추게 된다. 스포츠 선수의 루틴이 그를 해당 분야 최고의 선수로 만드는 것처럼, 일상의 루틴도 수십 년 동안 축적되면 텔레비전 프로그램에서 소개되는 수많은 달인같이 특정 분야에서 두각*을 나타낼 수 있다. 생활 속 달인들은 수없이 반복되는 연습과 경험으로 작업의 효율을 극대화하는 루틴을 개발하고, 그것을 무한히 반복하면서 성과를 거두었다.

'1만 시간의 법칙'이라는 말이 있다. 어떤 분야에서 성공하려면 열정을 가지고, 적어도 1만 시간을 투자하고 꾸준히 노력해야 한다는 의미이다. 1만 시간은 대략 10년 정도 된다.* 지루

＊ **두각** 뛰어난 학식이나 재능을 비유적으로 이르는 말.
＊ 날마다 서너 시간씩 대략 10년 가까이 노력해야 1만 시간이 채워진다.

하고 힘들더라도 나만의 루틴이 적어도 10년은 지속되어야 성공한다는 뜻으로 이해하면 좋겠다.

공규택

고등학교 국어 교사. 지은 책으로 『신문 가지고 놀기』 『우리말 필살기』 『말이 예쁜 아이 말이 거친 아이』 『국어시간에 케이팝읽기』 『교과서에 나오지 않는 발칙한 생각들』 등이 있다. 중학교와 고등학교 국어 교과서 집필에도 참여하였다.

사람답게 살 권리, 인권*

정용주

사람은 누구나 존중받아야 하는 합당한 권리가 있습니다. 누구나 사람답게 살 권리, 즉 인권을 갖고 있기 때문입니다. 그런데 종종 다른 사람을 신경 쓰지 않고 자신의 인권만 소중히 생각하는 사람이 있습니다. 인권은 본래 여럿이 함께하는 삶을 위한 권리입니다. 누구의 권리가 크거나 작다고 구별하는 게 아닙니다.

인권이 어떤 의미를 가지고 있는지 좀 더 자세히 살펴볼까요?

하나, 인권은 인간이 갖는 보편적인 권리입니다. 인간의 권리는 누구에게나 적용되어야 합니다. '~ 때문에'라는 어떤 조건으로도 제한할 수 없습니다. 즉 국적, 종교, 직업, 성별, 연령에 관계없이 인간이라면 누구나 가질 수 있는 권리여야 합니

---

* 이 글의 원래 제목은 「인권이 뭘까요」(『역사 속 인권 이야기』, 리잼 2015)이다. 교과서에 수록하면서 제목을 바꾸었다.

다. 또한 인권의 내용은 구체적인 법에 정해지고 시행되느냐와 상관없이 보편적이어야 합니다. 따라서 인권은 인간이 가지고 있는 권리의 최고 가치입니다.

둘, 인권은 약자를 위한 권리입니다. 지금 우리가 누리는 인권은 수많은 사람들이 자신을 희생하고 투쟁하며 얻어 낸 것입니다. 우리 모두는 끊임없이 인간답게 살기 위해 노력하고 있습니다. 하지만 아직도 열악한 환경에서 인권을 침해받아 고통받는 사람들이 많습니다. 이런 고통을 받는 약자야말로 인권을 누려야 할 사람들입니다.

셋, 인권은 책임이 따르는 권리입니다. 인간은 혼자 살아갈 수 없습니다. 가족을 이루고, 친구를 사귀고, 여러 사람이 함께 일하듯이 우리는 많은 사람들과 관계를 맺고 살아갑니다. 한 개인이 인권을 가지고 있다는 것은 다른 사람의 인권을 존중할 책임 또한 가진다는 것입니다. 따라서 한 개인의 인권은 다른 사람의 권리를 존중하면서 지켜져야 합니다.

넷, 인권은 개인과 집단을 포괄하는 권리입니다. 인권은 단순히 개인의 권리가 아니기 때문에 사회에 초점을 둘 필요가 있습니다. 이런 점에서 인권의 주체는 개인뿐만 아니라 사회와 국가가 될 수도 있습니다. 북한에 살고 있는 사람과 한국에 살고 있는 사람이 누리는 권리가 다르다면 어떨까요? 어떤 나라의 국민은 인간다운 삶을 누릴 수 있는데, 어떤 나라의 국민은 교육을 받을 수도 없고 병원에서 치료도 받을 수 없다면 어떨까요? 이렇게 인간으로서 누려야 할 정당한 권리가 위협받아서는 안 됩니다.

다섯, 인권은 사회 변화를 요구합니다. 인권은 사회 제도, 관습, 법률보다 높은 개념입니다. 한 나라의 법과 문화가 인권을 무시하고 있다면 인간의 존엄한 삶을 위한 최소한의 조건을 제시하여 사회가 변할 것을 요구할 수 있습니다. 인권은 정의롭고 평화로운 사회로 나아가도록 하는 원동력이 됩니다.

정용주

초등학교 교사. '교육공동체 벗'에서 발간하는 격월간지 『오늘의 교육』 편집위원으로 활동하고 있다. 함께 쓴 책으로 『불온한 교사 양성과정』 『가장 인권적인, 가장 교육적인』 『교육 불가능의 시대』 등이 있다.

장갑 앞에 붙은 '세 글자'*

김청연

김예지 그림

* 이 글의 원래 제목은 「날도 추워지는데 ○○○○○ 사자」(『왜요, 그 말이 어때서요?』, 동녘 2019)이다. 교과서에 수록하면서 제목을 바꾸었다.

이른 겨울, 오랜만에 만난 두 친구의 대화야. 이 대화에 나오는 '벙어리장갑'은 여러분도 다 알고 있는 장갑이지? 엄지손가락만 칸이 나눠져 있고 나머지 네 손가락은 하나로 합쳐진 장갑. 일상에서 워낙 오랜 시간 '벙어리장갑'으로 불려 온 탓에 사람들은 이 단어가 왜 문제가 되는지 잘 인식하지 못하지. 자, 이제 차분하게 이 단어에 대해 한번 살펴보자. '장갑' 앞에 붙은 '벙어리'라는 단어에서 뭔가 이상한 게 느껴지지? 맞아, 벙어리는 청각·언어 장애인에 대한 비하가 담긴 표현이야.

실제로 청각·언어 장애인들 중에는 "아이들과 겨울에 길거리 다닐 때 상점이나 가판대에서 '벙어리장갑'이라는 표현을 보면 얼른 눈길을 피하게 됩니다. 우리를 조롱하는 의미가 담겨 있는 것 같아서요."라고 말하는 이도 있다고 해. 또 친구들에게 "너는 벙어리라서 벙어리장갑 끼고 다니냐?"고 놀림과 조롱을 받는 경우도 있었다고 하고.

벙어리가 장애인을 비하하는 표현인 줄 몰랐다고? 아니면 '벙어리장갑'이 워낙 많이 쓰이는 단어라 문제가 된다는 것조차 몰랐다고? 그럴 수 있어. 하지만 이제 이 말이 왜 문제가 되는지 알았으니 앞으로는 조심해야겠지. 그런데 사람들은 벙어리장갑이라는 표현을 언제부터, 어떻게 해서 쓰게 된 걸까?

벙어리장갑을 가리키는 영어 단어인 'mitten'도 말을 못한다는 의미의 'mute'와 큰 관련성이 없어 보여. 일부에서는 "언어 장애자는 성대와 혀가 붙어 있다."라는 잘못된 속설을 믿은 옛날 사람들이 네 개의 손가락이 하나로 붙어 있는 형태의 장갑을 보고 벙어리장갑이라고 부르기 시작했다고 보기도 하더라고. 어떤 배경에서든지 간에 이 단어가 장애인을 불편하게 하는 건 사실이니까 다른 말로 고쳐 쓰는 게 좋겠지?

어느새 습관이 되어 버린 말들

이와 관련해서 몇 년 전, 한 사회복지법인에서 벙어리장갑에 다른 이름을 붙이자는 캠페인을 한 바 있어. 언어를 순화해 장애인에 대한 사회적 인식까지 개선하자는 취지로 2013년 캠페인을 시작했다고 해. 많은 시민들이 참여했는데 그때 벙어리장갑을 대체할 단어가 선정됐어. 어떤 단어를 쓰기로 했는지 궁금하지?

일단 후보들로는 북한에서 사용하는 '통장갑', 엄지손가락만 보인다는 뜻에서 '엄지장갑', '손모아장갑' 등이 올라왔는데 이 중 '손모아장갑'이 선정됐어.

'엄지장갑'은 모은 네 손가락에 주목한 '손모아장갑'과 반대로 따로 떨어진 엄지를 강조한 거지. 이 단어는 청각 장애 어머니를 둔 한 남성이 대학생 시절에 낸 아이디어로 알려져 있어. 손모아장갑 또는 엄지장갑. 어때? 벙어리장갑 대신 더 멋지고 아름다운 의미의 단어들을 알게 된 거 같지?

사실 벙어리장갑이란 말을 쓸 때 일부러 장애인을 비하하고 조롱해야겠다는 생각을 한 사람이 몇이나 될까? 아마 무심코

이 말을 쓰는 경우가 대부분이었을 거야. 언어라는 게 자기도 모르는 사이 일상 속에 자리를 잡고, 습관이 되어 버리기 때문에 때론 '낯설게 보기'를 하면서 면밀히 살펴볼 필요가 있음을 깨닫게 해 주는 사례지.

말 나온 김에 한번 점검을 같이해 보자. 벙어리, 장님, 절름발이, 결정 장애 같은 표현 자주 쓰는 친구 있어? 우리가 무심코 내뱉는 말 중에는 이런 장애인 비하 표현들이 참 많아. 이런 표현도 모두 고치도록 노력해야겠지. '벙어리'는 '언어 장애인', '장님'은 '시각장애인', '절름발이'는 '지체 장애인' 등의 말들이 있다는 걸 기억하자.

누구를 비하하지 않고, 누구도 상처받지 않도록

일상에서 자주 사용하는 관용 표현에도 누군가에게 상처를 줄 수 있는 표현들을 쉽게 찾아볼 수 있지. 관용 표현이란, 둘 이상의 낱말이 합쳐져 원래의 뜻과는 전혀 다른 새로운 뜻으로 굳어져서 쓰이는 표현을 말해. 특정 나라의 사회적·역사적·문화적 배경이 반영돼 마치 습관처럼 굳어져서 널리 사용되는 특수한 표현을 가리키지. 대표적인 관용 표현으로 '속담'이 있어. 하지만 아주 오랫동안 쓰였다고 해도 그 안에 좋지 않은 의미나 사회 구성원 누군가에게 상처를 주는 의미가 담겨 있다면 바꾸는 게 맞겠지.

생각을 말로 표현하지 못하는 사람을 비유적으로 이르는 말인 '꿀 먹은 벙어리'가 대표적이야. 또한 전체적인 상황을 제대로 파악하지 못하는 사람을 일컫는 '눈뜬장님'도 장애인을 비하하는 관용 표현이지. 답답한 사정이 있어도 남에게 말하지 못하고 괴로워하는 상황을 말하는 '벙어리 냉가슴 앓듯', 일부만 가지고 전체를 말하는 어리석음을 뜻하는 '장님 코끼리 말하듯' 등도 일상에서 쓰지 말아야 할 표현들이야.

사람들이 자기도 모르게 많이 쓰는 표현 중 '결정 장애'나 '선택 장애' 같은 표현도 문제가 있어. 이 말들은 뭔가를 선택해야 하는 상황에서 선뜻 결정을 못하는 걸 장애로 표현하고 있지. 무심코 아무렇지 않게 내뱉는 이런 말들이 누군가에게는 칼날이 될 수 있을 거야.

2부 · 다름이 아름답다

다시 벙어리장갑에 대한 이야기를 해 볼까? 아직까지 우리나라 표준국어대사전에는 벙어리장갑이 표준어로 올라가 있어. 사전에서는 '벙어리'를 '언어 장애인을 낮잡아 이르는 말'이라고 적고 있지만 '벙어리장갑'에는 장애인을 낮춰 본다는 식의 표현이 적혀 있지 않아. 더 큰 문제는 공공 기관 등은 공문서를 쓸 때 어문 규범에 맞춰 한글로 작성해야 하기 때문에 벙어리장갑이라는 표현을 합법적으로 사용할 수밖에 없다는 점이야. 우리가 일상에서 벙어리장갑이 아닌 '손모아장갑'이나 '엄지장갑'을 많이 써서 사회 전체가 이 말을 자연스럽게 받아들인다면, 그땐 사전에서도 이 말들을 보게 되지 않을까?

김청연

기자, 논픽션 작가. 청소년에게 다양한 이야기를 건네는 책을 쓰고 있다. 지은 책으로 『기억해, 언젠가 너의 목소리가 될 거야』 『왜요, 그 말이 어때서요?』 등이 있다.

○ 우리가 살아가면서 느끼는 대표적인 네 가지 감정을 희로애락(喜怒哀 樂)이라고 합니다. 이러한 나의 감정을 언어를 활용하여 적절히 표현하 는 방법을 알아봅시다.

❶ 희로애락이라는 네 가지 감정 속에는, 더 다양하고 섬세한 감정들이 담겨 있습니 다. 예컨대 '기쁨'은 반가움일 수도, 흡족함일 수도 있지요. 네 가지 감정에 연결되 는 다양한 감정들을 적어 봅시다.

기쁠 희(喜):

성낼 노(怒):

슬플 애(哀):

즐길 낙(樂):

----

❷ 누군가 나를 미워한다는 생각이 들 때, 혹은 하고 싶은 일이 잘되지 않을 때 우리는 부정적인 감정이 들 수도 있습니다. 이 부정적인 감정을 안전하게 다룰 수 있는 나 만의 감정 '루틴'을 생각해 봅니다.

예시 > 나는 슬픔이 찾아올 때마다 더 슬픈 노래를 듣는 루틴을 가지고 있다.

슬픈 노래를 들으면서 한바탕 엉엉 울고 나면 마음이 한결 가뿐해지면서,

다시 평온한 마음을 얻게 된다.

○ 혹시 무심코 누군가를 미워하거나 차별했던 경험이 있나요? 우리 사회에서는 누군가를 미워하고 싫어하는 것이 특정한 집단에 대한 혐오와 연결되어 있는 경우도 적지 않습니다. 함께 살아가는 세상에 대해 고민하며 다음 활동을 이어가 봅시다.

❶ 내가 다른 사람이나 특정 집단에 대해 가지는 편견이 있다면 적어 봅시다. 만약 내가 가진 편견이 없다면, 우리 사회에서 차별받는 소수자 집단을 생각하며 적어 봅시다. 이러한 편견이나 차별이 생긴 이유는 무엇이며, 편견이나 차별을 받는 사람은 어떤 처지에 있을지를 생각하며 적어 봅시다.

----

❷ 혐오 표현(hate speech)이 무엇인지 조사하여 정의를 적어 봅시다.

----

❸ 대항 표현(counter speech)이 무엇인지 조사하여 정의를 적어 봅시다.

----

❹ 내가 알고 있는 혐오 표현을 쓰고, 이를 대항 표현으로 바꾸어 봅시다.

혐오 표현:

_____

_____

_____

_____

대항 표현:

_____

_____

_____

_____

❺ 혐오 표현으로부터 인권을 지키기 위해 우리가 실천할 수 있는 방안을 주제로 글을 써 봅시다.

_____

_____

_____

_____

_____

_____

_____

2부 · 다름이 아름답다

혐오는 누군가를 혹은 무엇인가를 싫어하고 미워하는 감정입니다. 당연히 긍정적인 감정이라고는 할 수 없지만, 그렇다고 감정을 느끼는 것 자체가 나쁜 일은 아닙니다. 진화의 역사에서 인간의 혐오 감정은 생존과도 연결되어 있었으니까요. 인간은 독이 있는 버섯이나 감염병을 퍼뜨리는 동물 등을 본능적으로 피하면서 살아남을 수 있었지요. 혐오와 관련된 감정을 통해 먹어도 될 것과 먹으면 안 될 것, 만져도 될 것과 만지면 안 될 것의 차이를 구별할 수 있었습니다.

그러나 혐오의 감정이 타인을 '정상'과 '비정상'으로 구분 짓는 데 쓰인다면 문제가 발생합니다. 「사람답게 살 권리, 인권」에서 살펴보았듯이 사람은 성별, 나이, 학력, 장애, 종교, 빈부, 인종 등에 관계없이 모두 평등한 존재예요. 누군가의 개성이 '비정상'으로 취급되어서는 안 되지요. 그럼에도 어떤 사람들은 자신에게 익숙하지 않은 타인을 배제하거나 차별하는 일을 당연하게 여깁니다. 코로나19 바이러스로 인한 팬데믹 상황에서도 그러했습니다. 사람들은 감염병에 대한 책임을 떠넘기며 마음껏 원망하고 혐오할 수 있는 희생양을 찾기 바빴습니다. 어떤 이들은 감염자라는 이유로, 혹은 특정 국가 국민이라는 이유로 편견을 감당해야 했습니다.

『말이 칼이 될 때』(홍성수 지음, 어크로스 2018)라는 책에서는 편견이 피라미드 구조를 가지고 있다고 말합니다. 맨 아래에 폭넓은 편견이 있다면 그 위에는 편견을 바탕으로 한 혐오 표현이 있고, 그 위에는 차별 행위가, 그 위에는 증오 범죄가 있습니다. 그리고 맨 꼭대기에서는 집단 학살까지 이르게 되지요. 편견과 혐오 표현이 집단 학살의 기반이 된다는 것입니다. 이 때문에 최근에는 혐오 표현을 규제하는 방법과 법적 조치에 관한 논의도 활발하게 이루어지고 있습니다.

한편 언어는 비언어적 표현(말이 아닌 몸짓, 표정, 시선, 자세 등)과 준언어적 표현(말하면서 동반되는 목소리 톤, 억양, 어조, 말의 빠르기 등)까지 모두 포함되기에, 내가 일부러 말로 드러내지 않아도 주변 사람들은 나의 감정을 느낄 수 있어요. 내가 누군가를 이유 없이 싫어하거나 미워하면 상대방도 그걸 느끼게 됩니다. 영화 「인사이드 아웃」 시리즈를 보며 나의 다양한 감정이 타인과의 관계에 어떠한 영향을 미치는지 살펴보는 것은 어떨까요? 여러분 모두 자기만의 감정 조절 루틴을 만들며, 다양한 존재와 어울려 살아가는 즐거움을 느낄 수 있기를 바랍니다.

3부

매체는 힘이 세다

3부에는 다양한 정보를 전달하고 우리 삶에 엄청난 영향력을 미치고 있는 매체에 대한 글을 담았습니다. 매체를 비판적으로 수용하고 매체의 숨겨진 의도를 파악하는 것이 중요하다고 주장하는 글도 있고, 사회 관계망 서비스(SNS)와 누리집 같은 상호 작용적 매체로 소통하는 방법을 알려 주는 글도 있습니다. 매체가 다양해지고, 여러 매체에 누구나 접근할 수 있는 세상인 만큼 온라인에서 지켜야 할 윤리도 더욱 중요해졌습니다. 글을 읽으며 온라인 매체의 가능성과 한계를 정확히 파악하고, 세상을 긍정적으로 바꾸기 위해 매체를 어떻게 활용해야 할지 고민해 보기를 바랍니다. 또한 매체를 통해 얻은 수많은 정보 속에서 진정한 나의 모습을 어떻게 지켜 나가야 할지 균형 감각도 키워 보면 좋겠습니다.

나는야 호모 미디어쿠스

노 진 호

매체로 여는 아침

오늘 신문의 톱뉴스는 경제 관련 기사네요. 참, 그거 알아요? 신문 기사는 크기와 위치에 따라 신문사에서 얼마나 그 뉴스를 중요하게 생각하는지 알려 줍니다. 보통 위에서 아래로, 왼쪽에서 오른쪽으로, 분량이 긴 것에서 짧은 것 순으로 중요하다고 판단하죠. '사람들이 무엇을 중요하게 생각하고 있는지'뿐만 아니라 '사람들이 무엇을 중요하게 생각해야 할지'도 고려해서 기사를 이와 같이 배치하는 것입니다.

물론 신문사가 배치한 대로 뉴스를 받아들일 필요도, 모든 기사를 꼼꼼히 읽을 필요도 없어요. 눈코 뜰 새 없이 바쁜 아침, 저 역시 빠르게 제목만 읽어 보곤 합니다. 그래도 걱정 없습니다. 간편하게 스마트폰 하나면 어디서든 기사를 이어 읽을 수 있으니까요. 그렇게 아침에 못다 읽은 뉴스를 포털 사이트에서 찾아보고, 무엇이 가장 중요한 쟁점*인지 곱씹어 봅니다.

니다.

제 하루는 보통 이렇게 시작됩니다. 종이 신문, 스마트폰 속 포털 뉴스로 채워지죠. 여러분은 어떤가요? 누군가는 신문 대신 텔레비전으로, 또 다른 누군가는 스마트폰 속 포털 뉴스 대신 동영상을 볼지도 모르겠네요.

우리는 이렇게 정보를 전해 주는 매개체와 늘 함께하고 있습니다. 이 매개체들을 통틀어 '매체'라고 부르죠. 매체가 무엇인지 조금 더 쉽게 이해해 볼까요? 우선 간단하게 매체를 '그릇'이라고 생각해 보기로 해요. 그럼 매체가 전하는 정보나 이야기는 '음식'이 되는 거죠. 음식을 먹기 위해서는 담을 그릇이 필요하잖아요. 마찬가지로 우리가 어떤 이야기를 접하거나 전하기 위해서는 새로운 정보를 전해 받을 그릇, 바로 매체가 있어야 하죠.

사람에 따라 자주 이용하는 매체는 다를 겁니다. 예를 들어, 할머니, 할아버지는 신문과 텔레비전을, 청소년이나 어린이는 스마트폰과 컴퓨터를 상대적으로 더 많이 이용할 거예요. 하지만 분명한 것은 매체는 이미 우리의 삶 속으로 깊이 들어왔고 우리는 일상의 대부분을 매체와 함께하고 있다는 사실입니다. 매체는 공기와 같은 존재가 되었습니다. 우리도 모르는 사이에 말이죠.

＊ **쟁점** 서로 다투는 중심이 되는 점. 이슈.

3부 · 매체는 힘이 세다

일상을 가득 채운 매체

사람들은 하루에 얼마나 매체를 접할까요? 우리나라 사람 만여 명을 대상으로 어떻게 생활하고 있는지 들여다봤습니다. 우리나라 사람들은 하루 평균 7시간 23분 동안 매체를 접하고 있었어요(정보통신정책연구원 2020). 하루 24시간 가운데 30퍼센트 이상을 매체와 함께하는 거죠. 이는 우리가 학교에서 공부하거나 잠을 자고 밥 먹는 시간을 뺀 나머지 시간의 대부분을 매체와 함께 보낸다는 뜻이에요.

우리나라만 그런 건 아닙니다. 미국의 한 정보기술 전문 매체의 조사 결과, 미국인들은 하루 평균 10시간 52분 동안 매체를 접하는 것으로 나타났습니다(레코드 2020).

그런데 흥미로운 사실은 매체를 접하는 시간이 매년 조금씩 늘고 있다는 점이에요. 지금 우리는 역사상 가장 많은 시간을 매체와 함께하고 있다고 해도 틀린 말은 아닐 거예요. 그래서 지금의 인류를 '매체를 이용하는 사람'이라는 의미에서 '호모 미디어쿠스(Homo mediacus)'라고 이르기도 합니다.

매체를 연구하는 학자인 로저 피들러에 따르면 새로운 매체가 탄생할 땐 그것이 독자적으로 '짠' 하고 나타나는 경우는 거의 없다고 해요. 옛 매체와의 상호 작용을 통해 탄생하고 한 단계 더 나아간다는 거죠. 그리고 이 과정에서 새로운 매체는 옛 매체의 주요 특성을 이어받아 점점 더, 빠르고 편하게 이야기를 주고받을 수 있는 방향으로 발전합니다.

이처럼 매체는 생물처럼 진화를 거듭하면서 계속해서 발전합니다. 그렇기에 매체 이용 시간이 꾸준히 늘고 있는 건 어쩌면 자연스러운 현상이죠.

그렇다면 지금 우리와 가장 가까운 매체는 무엇일까요? 곧장 스마트폰이 떠오르나요? 지금도 손 닿는 곳에 스마트폰이 있지 않나요? 실제로 스마트폰과 같은 휴대 전화는 매체 이용 시간 증가에 가장 큰 역할을 하고 있어요. 2011년 미국의 휴대 전화 사용 시간은 하루 45분에 불과했지만 2021년에는 4시간 12분(252분)으로 크게 늘었다고 합니다.

인터넷과 만난 휴대 전화는 그야말로 블랙홀*입니다. 온라인 대화, 전자 우편, 텔레비전, 은행 업무, 게임, 쇼핑까지 모든 걸 손안으로 끌어들이고 있습니다. 오죽하면 이런 휴대 전화의 이름을 '똑똑한 전화기(스마트폰)'라고 지었을까요. 인터넷 강국인 우리나라의 스마트폰 보급률은 93퍼센트가 넘고, 미국 등 선진국의 보급률도 80퍼센트 이상입니다. 경제가 성장하고 통신 환경이 개선되면서 개발도상국*의 스마트폰 보급률도 차츰 높아지고 있고요. 대부분의 사람이 스마트폰을 사용하고 있다고 말할 수 있습니다. 앞으로 스마트폰을 사용

---

* 블랙홀(black hole) 검은 구멍, 즉 강한 중력으로 인해 우주에서 가장 빠른 빛을 비롯해 어떤 것도 빠져나올 수 없어 검게 보이는 시공간의 영역.
* 개발도상국 산업의 근대화와 경제 개발이 선진국에 비하여 뒤떨어진 나라.

하는 사람은 더 많아지고, 이 지구에 사는 사람들 사이는 더욱
더 가까워질 겁니다.

노진호

신문사 기자. 대중 매체와 대중 문화에 관한 글을 쓴다. 지은 책으로 『안녕? 나는 호모 미
디어쿠스야』가 있다.

매체 홍수에 휩쓸리지 않으려면

금준경

현재 우리가 사용하는 스마트폰에는 오래된 매체인 편지부터 대중 매체인 신문, 라디오, 텔레비전까지 모든 매체가 들어 있어. 이러한 스마트폰이 우리 일상에서 흔히 쓰이면서 사회 관계망 서비스(SNS)를 이용한 개인 방송과 같은 새로운 매체가 등장하게 되었지. 인터넷에 기반한 매체는 대중 매체와는 큰 차이점이 있어.

신문이나 방송은 시청자가 직접 제작에 참여하지 못해 생산자와 소비자가 명확하게 나뉘므로 정보의 전달이 일방적이었지. 이와 달리 인터넷에 기반한 매체로는 누구나 콘텐츠를 만들어서 이야기할 수 있고, 시간과 공간의 제약 없이 전 세계의 사람들과 실시간으로 소통할 수 있어. 평범한 할머니가 방송을 하는 주체가 되기도 하고, 평범한 청년 한 사람의 말이 언론사의 보도보다 때로는 시청자들의 더 큰 반응을 이끌어 내기도 해.

하지만 이러한 매체에 좋은 점만 있는 것은 아니야. 누구나 콘텐츠를 만들이 제공할 수 있게 되면서 사람들이 만든 정보의 양은 이전보다 엄청나게 증가했어. 그런데 이렇게 늘어난 정보 중에는 제대로 검증받지 않은 나쁜 정보도 많아서 사회적으로 혼란이 일어나기도 해.

그렇다고 인터넷에 기반한 매체의 힘이 올바르지 않게만 쓰인다는 건 아니야. 특히 일반인들의 관심을 불러일으켜서 세상을 긍정적으로 바꾸는 데 매우 효과적이지. 예를 들어 볼까? 음료, 라면, 우유 등의 식품에 점자가 표기되지 않아 시각 장애인들이 상품을 구매할 때 어떤 상품인지, 소비 기한은 언제까지인지 알 수 없어서 불편함을 겪고 있었어. 이 일이 개인 인터넷 방송으로 알려지자, 구독자들이 이 사연을 곳곳에 공유하면서 많은 이들이 기업에 적극적인 대응을 요청했지. 대중 매체에서도 이 문제를 집중적으로 다루었고, 결국 점자 표기가 확대되는 결과를 낳았어. 새로운 매체와 대중 매체가 합작해서 사람들이 잘 몰랐던 문제점을 널리 알리고 개선했던 대표적인 사례이지.

따라서 매체의 발달을 너무 걱정할 필요는 없어. 다만 우리는 매체가 언제나 특정한 시선으로 세상을 보여 주기 때문에 그것을 있는 그대로 받아들이지 않는 태도가 필요하다는 사실을 알아야 해. 누군가에게는 마음에 들었던 우리 반 체험 학습이, 다른 누군가에게는 마음에 들지 않았던 것처럼 말이야. 이렇듯 하나의 사건을 두고 사람마다 생각이 다른데 한 사람의 생각만 듣고 상황을 완벽히 파악한다는 게 가능할까?

세상의 일을 전달하는 이의 관점에 따라, 전하는 내용의 성격이 완전히 달라질 수 있으니 '매체를 이해하는 능력'을 길러야 해. 여기서 말하는 '이해'의 개념은 단순히 매체가 전달하는 내용을 알아들었다는 것에 그쳐서는 안 돼. 중요한 것은 내용 너머에 있는 의도를 읽어 내는 일이야. 매체가 어떤 의도로 만들어지는지, 그래서 누군가에게 피해를 끼치는 것은 아닌지, 매체가 말하지 않는 부분은 없는지 의심을 갖고 지켜봐야 해.

금준경

『미디어오늘』 기자. 방송통신 정책과 디지털 미디어를 주로 취재한다. 지은 책으로 『안녕, 내 이름은 유튜브』 『미디어 리터러시 쫌 아는 10대』 『유튜브 쫌 아는 10대』 『MCN 비즈니스와 콘텐츠 에볼루션』 등이 있다.

마트에 가면 왜 9,900원짜리 물건이 많을까?

박
정
호

　우리는 물건을 살 때 디자인, 브랜드, 가격, 애프터서비스 등 여러 요인들을 고려한다. 그중에서 물건을 살지 말지를 결정하는 가장 중요한 요인은 단연 '가격'일 것이다. 그런데 우리는 물건의 가격을 늘 제대로 인식하는 것일까?

　많은 기업들은 자사의 제품과 서비스의 판매량을 높이기 위해 다양한 전략을 구사한다. 가격을 활용한 마케팅 기법도 그중 하나인데, 가장 흔히 목격할 수 있는 것은 단수 가격을 활용한 방법이다. 단수 가격이란 가격의 끝자리가 홀수 특히 9로 끝나는 가격을 의미한다. 미국이나 유럽의 마트에서 판매되는 물건 가격을 보면 10달러, 100달러와 같이 딱 떨어지는 것이 아니라 9달러, 99달러 등 통상 9로 끝나는 경우가 많은데 이러한 가격을 통칭하여* 단수 가격이라 부른다.

　원래 단수 가격은 종업원들의 절도* 행위를 방지하기 위한

---

* **통칭하다** 일반적으로 널리 무엇이라고 부르다. 공통으로 무엇이라고 부르다.

목적으로 도입되었다. 제품 가격을 10달러나 100달러와 같이 정할 경우, 물건을 판매하고도 거스름돈은 내줄 필요가 없기 때문에 금전 등록기에 매출 내역을 기록하지 않아도 된다. 하지만 제품의 가격을 9달러 내지 99달러 등으로 책정하면, 판매 후 거스름돈을 지급하기 위해 매출 내역을 기록하고 금전 등록기를 열어야 한다. 따라서 단수 가격을 적용할 경우 종업원들은 물건을 판매할 때 해당 내역을 반드시 금전 등록기에 기록해야 하고 이 과정에서 매출이 누락되는 일을 방지할 수 있다.

하지만 단수 가격을 도입한 뒤 일어난 변화는 정작 다른 곳에 있었다. 바로 단수 가격을 부여한* 물건들의 판매량이 증가하기 시작한 것이다. 단수 가격은 많은 소비자들로 하여금 제품 가격을 저렴한 것으로 인지하게 만들었고, 그 과정에서 해당 제품의 판매량이 증가한 것이다. 예를 들어 100달러짜리 제품과 99달러짜리 제품은 실제 가격 차이는 1달러임에도 불구하고 소비자들은 100달러대 제품과 10달러대 제품으로 인식한다.

만 원짜리 물건은 안 산다, 9,900원짜리 물건은 산다

이러한 단수 가격 효과는 우리나라의 경우에도 여전히 유효

* **절도** 남의 물건을 몰래 훔침. 또는 그런 사람.
* **부여하다** 사물이나 일에 가치, 의미 따위를 붙여 주다.

3부 · 매체는 힘이 세다

하다. 우리나라에서도 역시 1,000원이나 10,000원과 같이 딱 떨어지는 것이 아니라 990원이나 9,900원 등 통상 9로 시작하는 금액으로 설정하는 경우가 많다. 이 역시 단수 가격 효과를 활용하기 위함이다. 1,000원짜리 제품과 990원짜리 제품의 가격 차이는 불과 10원이지만, 소비자들은 천 원대 제품과 백 원대 제품으로 구분하여 인식한다. 이처럼 단수 가격을 활용할 경우 실제로는 적은 금액을 할인하고도, 크게 할인해 준 것과 같은 효과를 가져와 수익을 증대시킬 수 있다.

단수 가격 효과와 유사한 가격 효과로는 왼쪽 자릿수 효과가 있다. 왼쪽 자릿수 효과는 사람들이 아직까지 단수 가격에 영향을 받고 있는지 여부를 확인하기 위한 연구 과정에서 규명된* 내용으로, 가격을 인식할 때 왼쪽 숫자만 보고 전체적인 가격을 판단하는 경향을 말한다.

예를 들어 똑같이 1,100원을 할인해 주더라도 제품 가격이 5,100원에서 4,000원으로 낮아진 것과 4,000원에서 2,900원으로 낮아진 것은 전혀 다르게 인식된다. 5,100원에서 4,000원으로 낮아진 것은 천 원 정도 할인받은 것으로 생각되는 반면, 4,000원에서 2,900원을 낮아진 것은 마치 2천 원 정도 할인받은 것으로 생각된다. 실제로는 동일하게 1,100원을 할인하였음에도 불구하고, 소비자들은 이를 다르게 인식하는

* **규명되다** 어떤 사실이 자세히 따져져 바로 밝혀지다.

것이다.

이처럼 많은 소비자들이 왼쪽 자릿수에 의존하여 전반적인 제품 가격 수준을 인식한다는 점을 활용하여 많은 기업들은 제품 가격을 할인할 때, 가능하면 왼쪽 자릿수가 크게 바뀔 수 있도록 조정하여 매출액 증대를 도모하고 있다.

최근 경제가 어려워지고 소비자들의 주머니가 한층 가벼워지면서 알뜰 소비문화가 더욱 확산되고 있다. 이에 기업은 더욱 정교하게 가격을 활용한 마케팅 전략을 펼치고 있다. 이러한 상황 속에서 가격을 활용한 다양한 마케팅 전략의 세부 내용이 무엇인지 정확히 이해하는 것은 알뜰한 소비 생활을 하기 위한 첫걸음이 되어 줄 것이다.

박정호

명지대학교 자연창업교육센터 특임교수. MBC「박정호의 손에 잡히는 경제 플러스」를 진행하고 KBS「더 라이브」「해 볼만한 아침 M&W」「홍사훈의 경제쇼」 등을 비롯해 여러 경제 분야의 유튜브 채널에서 경제 이야기를 전하고 있다. 지은 책으로『이코노믹 센스』『경제학자의 인문학 서재』『아주 경제적인 하루』 등이 있다.

3부 · 매체는 힘이 세다

스마트폰은 나의 뇌에 어떤 영향을 미칠까

양은우

오늘날 우리는 잠자는 시간을 제외한 대부분의 시간에 스마트폰을 곁에 두고 지낸다. 과학기술이 발달하면서 우리는 스마트폰으로 누군가와 통화거나 메시지를 주고받는 기본적인 기능은 물론 사진이나 영상 촬영, 음악 감상, 영화나 드라마 시청, 게임 등 다양한 기능을 활용하고 있다. 최근에는 스마트폰을 인터넷상에서 다른 사람과 소통하는 창구로 사용하기도 하며, 쇼핑과 결제의 수단으로 활용하기도 한다. 또한 오락과 놀이의 도구뿐만 아니라 인터넷 강의 시청 및 강의 내용 필기의 도구로까지 스마트폰을 사용하기도 한다. 이처럼 다양한 활용 사례들에서 알 수 있듯이 이제 스마트폰이 없는 일상생활은 상상조차 하기 어려워졌다.

하지만 이처럼 일상에서 스마트폰으로 할 수 있는 일이 많아지면서 여러 가지 부작용이 발생하고 있다. 사람들은 스마트폰을 하면서 걷느라 주변을 미처 살피지 못해 사고가 나기도 한다. 또한 사람들은 스마트폰을 바르지 못한 자세로 장시간 사용하다가 눈이나 척추, 손목 등의 신체 부위에 여러 가지 질병을 얻기도 한다. 이 외에도 많은 문제가 있지만, 심각한 문제로 꼽히는 것은 바로 스마트폰 사용을 스스로 조절하지 못하는 과의존 문제이다. 스마트폰 과의존이란 스마트폰 사용 조절 능력이 떨어져 건강이나 일상생활에 문제가 발생하는데도 불구하고 스마트폰 사용을 줄이지 못하는 상태를 말한다. 이러한 현상은 스마트폰을 익숙하게 다루는 세대에서 흔하게 나타난다. 2023년 여성 가족부에서 실시한 청소년 인터넷·스마트폰 이용 습관 진단 조사 결과에 따르면 중학생 43만 9,655명 중 9만 730명이 스마트폰 과의존 상태인 것으로 밝혀졌다. 청소년기에 스마트폰을 과도하게 사용하면 뇌 발달에도 많은 영향을 미친다는 점에서, 청소년의 이러한 스마트폰 과의존 현상은 사회 문제로까지 대두되고 있다. 그렇다면 과도한 스마트폰 사용과 뇌 발달 사이에는 어떠한 관련이 있을까?

먼저 스마트폰을 과도하게 사용하면 뇌가 고르게 발달하지 못하고 심하게 한쪽으로 치우친 상태로 발달하게 된다. 인간의 뇌는 청소년기에 가장 폭발적으로 발달한다. 청소년기에는 이성적 사고를 담당하는 뇌 영역이 발달하면서 정보를 처리하는 신경 회로도 함께 재편된다.* 이때 자주 사용하는 신경 회로는 연결이 강화되지만 자주 사용하지 않는 신경 회로는 연

＊ **재편되다** 다시 편성되다.

결이 약화된다. 예를 들어 여가 시간에 주로 독서하는 사람과 스마트폰으로 게임이나 영상 시청을 하는 사람을 비교해 보자. 독서할 때에는 뇌의 모든 영역이 고르게 활성화되고,* 그에 따라 신경 회로 간의 연결이 강화된다. 따라서 어려서부터 책을 많이 읽은 사람은 신경 회로 간의 연결이 고루 강화되어 각 부분이 활발하게 상호 작용한다. 반면에 스마트폰을 사용하여 게임이나 영상 시청 등을 할 때에는 뇌에서 주로 시각을 담당하는 부위가 강하게 반응한다. 따라서 시각적인 정보를 처리하는 신경 회로 간의 연결은 강화되는 반면, 다른 신경 회로 간의 연결은 약화되는 것이다. 이러한 상태로 성인이 되면 책을 읽는 것 자체가 힘들어지고, 책을 끝까지 읽는다 해도 내용을 이해하는 데 어려움을 겪는다.

뇌의 사고 능력이 떨어지는 것도 스마트폰을 과도하게 사용해서 나타나는 문제이다. 환경 심리학* 학술지에 뇌의 사고 능력과 스마트폰 의존도 간의 관련성을 알아보는 실험 내용이 소개된 적이 있다. 실험은 간단했다. 비슷한 조건의 실험 참가자들을 세 집단으로 나누고, 목적지까지 걸어오도록 하였다. 단, 목적지까지 오는 길을 알려 주는 수단을 다르게 제시했다. 첫 번째 집단에는 지도 프로그램이 설치된 스마트폰을 주

---

* **활성화되다** 사회나 조직, 몸 등의 기능이 활발해지다.
* **환경 심리학** 인간과 환경 간의 관계를 연구하는 심리학.

었고, 두 번째 집단에는 종이 지도를 주었고, 세 번째 집단에는 도구를 주지 않고 말로만 목적지를 설명해 준 것이다. 참가자들이 모두 목적지에 도착한 뒤 참가자들에게 목적지까지 찾아온 경로를 지도로 그려 보게 하였다. 그 결과, 말로만 설명을 들었던 세 번째 집단이 가장 정확하고 자세한 지도를 그렸다. 지도 프로그램이 설치된 스마트폰을 받았던 첫 번째 집단은 지도를 그리는 데 오랜 시간이 걸렸을 뿐만 아니라 정확도도 가장 떨어졌다. 이 실험 결과는 우리가 전자 기기에 의존할수록 우리의 뇌는 점점 스스로 생각하지 않으려 한다는 것을 증명한다.

또한 과도한 스마트폰 사용은 수면 부족을 일으켜 뇌에 좋

3부 · 매체는 힘이 세다

지 않은 영향을 미친다. 우리가 잠을 잘 때 뇌에서는 깨어 있는 동안 학습된 수많은 정보가 장기 기억으로 전환되고, 여러 정보가 정교하게 다듬어지고 연결되면서 창의력을 높이는 작업이 이루어진다. 따라서 기억력과 창의력을 높이기 위해서는 충분한 수면 시간이 확보되어야 한다. 그런데 잠을 자기 전 스마트폰을 오래 사용하면 쉽게 잠들 수 없다. 스마트폰처럼 화면을 통해 조작하는 전자 기기에서는 청색광이 많이 방출되는데, 이 빛이 수면을 유도하는 호르몬의 정상적인 분비를 방해하기 때문이다. 잠이 부족하면 깨어 있는 동안 학습했던 정보가 장기 기억으로 전환되지 못하고 단기 기억으로 머물다 사라지게 된다. 이에 따라 기억력이 떨어지며, 창의력 또한 저하되어 학습 능력에도 부정적인 영향을 미친다.

청소년기는 도파민이라는 신경 전달 물질이 가장 많이 분비되는 시기로, 도파민은 주로 즐거움과 관련된 보상을 얻을 때 생긴다. 스마트폰으로 할 수 있는 재미있는 일들을 떠올려 보자. 손가락을 몇 번 움직이기만 하면 좋아하는 영상을 끊임없이 시청할 수 있다. 또한 단순하게 조작할 수 있고, 일시적이지만 성취감을 맛보게 해 주는 게임 역시 스마트폰만 있으면 언제든 할 수 있다. 즉, 스마트폰만 있으면 쉽고 빠르게 즐거움을 느낄 수 있는 것이다. 이 때문에 우리는 스마트폰을 계속 사용하고 싶은 충동을 참기 어렵다. 하지만 도파민은 시간이 지날수록 효용이 떨어진다. 따라서 처음과 같은 크기의 즐거움을 얻으려면 전보다 강한 자극이 필요하다. 처음에는 비교적 짧은 시간 동안 게임을 하거나 영상을 시청해도 기분이 좋아지지만, 시간이 지날수록 더 긴 시간 동안 더 자극적인 영상을 시청하거나 게임을 해야 뇌가 반응한다. 따라서 스마트폰을 지나치게 사용하면 일상생활에는 흥미를 잃고, 쉽고 빠르게 얻을 수 있는 자극만 추구하게 된다.

스마트폰은 우리의 삶을 편리하고 즐겁게 해 주는 도구로, 일상생활에서 떼려야 뗄 수 없는 필수품으로 자리 잡았다. 하지만 스마트폰에 지나치게 의존하거나 필요 이상으로 사용할 경우, 청소년기의 뇌 발달에는 부정적인 영향을 미친다. 이러한 점을 분명하게 인식하여, 스마트폰을 현명하게 사용할 수 있는 능력을 길러야 한다.

양은우

논픽션 작가. 인간의 사고와 행동을 바탕으로 뇌 과학 분야를 설명한 책을 주로 썼다. 주요 지은 책으로 『처음 만나는 뇌 과학 이야기』 『워킹 브레인』 『공부의 뇌과학』 등이 있다.

상호 작용적 매체로 소통하기

옥
현
진

준서는 등굣길에 버스에 타자마자 자신의 사회 관계망 서비스(SNS)를 확인한다. 어제 영화를 보고 나서 올린 게시물에 친구들이 어떤 댓글을 남겼을지 궁금했기 때문이다. 학교 친구들이 남긴 댓글이 다섯 개, 사회 관계망 서비스에서 알게 된 사람들이 남긴 댓글이 다섯 개. '좋아요' 개수는 그것보다 훨씬 더 많았다. 준서는 댓글마다 답을 달거나 '좋아요' 표시를 하고, 다른 친구들이 올린 게시물을 차례로 훑어보며 댓글을 단다. 방과 후에는 학급 누리집에 들어가 담임 선생님께서 확인하라고 하신 공지 사항을 읽는다. 그러고 나서 오늘까지 올려야 하는 과제물을 게시판에 올리고, 지난번에 올린 게시물에 선생님께서 달아 두신 댓글도 잊지 않고 확인하였다.

준서의 사례에서 볼 수 있듯이 인터넷을 기반으로 한 매체를 활용하여 사람들과 빠르게 정보를 공유하고 생각과 느낌을 바로바로 나누며 소통하는 일은 어느새 우리의 일상이 되었다.

상호 작용적 매체가 우리 삶에 깊이 자리 잡은 것이다. 상호 작용적 매체란 다양한 양식의 정보를 주고받으며 상호 소통할 수 있는 쌍방향 매체를 말한다. 사실 매체라는 말 앞에 '상호 작용적'이라는 말이 붙은 것은 그리 오래되지 않았다. 과거에 주를 이루던 신문, 잡지, 라디오, 텔레비전 등의 전통적인 매체는 대중에게 메시지를 주로 일방향으로 전달했기 때문이다. 요즘처럼 많은 사람들이 빠르고 활발하게 상호 작용을 할 수 있게 된 것은 인터넷과 디지털 기기의 발달에 힘입은 바 크다.

상호 작용적 매체의 특성은 다음과 같다. 예전에 비해 더 많은 사람이 더 빠르게 정보를 주고받을 수 있고, 누군가의 메시지를 또 다른 누군가와 손쉽게 공유할 수 있다. 또한 다른 사람의 메시지에 관한 나의 구체적인 의견은 물론 호감이나 공감 등의 감정도 표현할 수 있다. 마찬가지로 나의 메시지를 읽은 다른 이들의 생각과 반응도 빠르게 확인할 수 있다. 이러한 상호 작용적 매체의 특성에 따라 생산자와 수용자의 경계가 허물어지면서 주로 수용자에 머물던 개인이 자신의 생각을 표현하고, 더 나아가 적극적으로 정보를 생산하거나 공유할 수 있게 되었다.

상호 작용적 매체는 그 종류가 다양하고, 앞으로 더 다양해질 가능성이 높다. 디지털 기기가 발달함에 따라 사람들의 필요에 발맞춘 새로운 매체가 계속해서 등장할 것이기 때문이다. 여기에서는 우리에게 익숙한 상호 작용적 매체인 개인의 사회 관계망 서비스와 학교나 기관 등의 누리집을 예로 들어 소통 공간, 소통 목적에 따라 참여자들의 소통 방식이 어떻게 달라지는지 살펴보자.

상호 작용적 매체를 반드시 이렇게 써야 한다는 규칙이나 규범이 엄격하게 존재하는 것은 아니다. 하지만 소통 공간의 특성이나 소통 목적에 따라 참여자들의 소통 방식 역시 달라지기 마련이므로 이를 이해하여 맥락에 맞게 소통하는 자세가 필요하다. 개인의 사회 관계망 서비스는 개인의 생각, 의견, 관점 등을 자유롭게 공유하고, 매체 이용자들 간에 폭넓은 인간관계를 형성하는 것을 목적으로 하는 개방적인 공간이다. 그렇기에 이곳에서는 대체로 가까운 사람과 대화할 때처럼 친근한 말투나 비격식*적인 표현을 사용하는 것이 허용된다. 또한 '좋아요' 버튼처럼 문자 언어가 아니더라도 의견이나 감정을 간단히 표현할 수 있는 그 매체만의 장치가 있을 경우 그 장치를 이용해 소통하기도 한다. 이 외에도 글쓴이는 특정 핵심어 앞에 '#' 기호를 붙이는 방식인 해시태그를 사용해 게시물의 핵심 내용을 보여 주거나 비슷한 게시물 간의 관련성을 직접 표현하기도 한다. 한편 학교나 기관 등의 누리집은 공지 사항, 공식 행사의 홍보 자료, 행정에 관한 의견 등 공적인 정보를 주고받는 것을 목적으로 하는 공적인 공간이다. 따라서 학

* 비격식 격식을 차리거나 따지지 않는 것. '격식'은 격에 맞는 일정한 방식을 말한다.

교나 기관 등의 누리집에서는 사회 관계망 서비스에 비해 격식 있는 말투를 사용하고, 신뢰할 수 있는 정보를 다룬다. 참여자 간의 소통은 주로 댓글로 이루어지며, 참여자들이 생각과 의견을 남기는 게시판이 따로 마련되어 있기도 하다.

　어떤 상호 작용적 매체를 활용하여 어떠한 메시지를 주고받을지는 어떠한 목적으로 사람들과 소통하고자 하는지에 따라 달라진다. 준서가 속한 학급에서 학교 구성원 및 지역 시민들과 함께하는 학교 행사를 준비한다고 해 보자. 학교 구성원들과 지역 시민들에게 행사 정보를 공식적으로 알리고자 할 때에 준서와 친구들은 어떤 상호 작용적 매체를 사용할까? 우선 학부모를 위한 가정 통신문과 지역 시민을 위한 행사 안내문을 만들어 학교 누리집에 게시할 것이다. 학교 누리집은 공적인 공간이므로 게시물에는 행사와 관련된 공식적인 정보, 즉 행사 내용, 일시, 장소, 참여 대상, 준비물, 주의 사항 등의 내용이 격식을 갖춘 표현으로 담길 것이다. 학교 누리집을 찾은 사람들은 이곳에 게시된 내용을 신뢰할 것이며 행사에 관해 궁금한 점이 있을 경우 격식을 갖추어 문의를 남길 것이다.

　한편 준서가 학교 행사의 참여자 가운데 한 사람으로서 행사에 참여한 소감을 다른 사람들과 나누고 싶을 때는 어떨까? 행사에 참여하여 찍은 사진이 있다면 그 사진과 함께 행사에 참여하며 느낀 바를 쓴 게시물을 자신의 사회 관계망 서비스에 올릴 수 있다. 혹은 사회 관계망 서비스에서 학교명이나 행사명 등으로 해시태그를 검색하여 행사에 참여한 누군가의 사회 관계망 서비스에 찾아가 그 사람이 올린 행사 관련 게시물에 '좋아요'를 누르거나 댓글을 남길 수도 있다. 만약 게시물의 내용을 지인과 공유하고 싶다면 그 게시물의 인터넷 주소를 전달하거나 게시물에 지인의 아이디를 댓글로 적어 지인이 해당 사회 관계망 서비스에 직접 방문하게 할 수도 있다. 이때 준서를 비롯하여 사회 관계망 서비스를 이용하는 이들은 친근한 말투나 비교적 비격식적인 표현을 사용하여 소통할 것이다.

이처럼 상호 작용적 매체를 이용할 때에는 상황에 따라 그 소통 방식이 달라진다. 그러므로 상호 작용적 매체를 잘 이용하기 위해서는 메시지를 주고받는 사람이 누구인지, 소통 목적이 무엇인지, 메시지를 주고받는 매체가 어떤 공간인지 등을 정확히 알아야 한다. 또한 혐오 표현이나 부적절한 어휘, 상대방을 불쾌하게 하는 표현 등을 사용하지는 않았는지, 저작권*이나 초상권* 등 다른 사람의 권리를 침해한 것은 없는지 등을 스스로 꼼꼼하게 점검해야 한다.

우리는 상호 작용적 매체를 통해 여러 사람과 생각, 감정, 정

---

* **저작권** 문학, 예술, 학술에 속하는 창작물에 대하여 저작자나 그 권리 승계인이 행사하는 배타적·독점적 권리. 저작자의 생존 기간 및 사후 70년간 유지된다.

* **초상권** 자기의 초상에 대한 독점권. 인격권의 하나로, 자기의 초상이 승낙 없이 전시되거나 게재되었을 경우에는 손해 배상을 청구할 수 있다.

보 등을 주고받으며 다양한 세상을 경험한다. 이를 유익한 상호 작용의 공간으로 이용하기 위해서는 다양한 각도에서 우리의 소통 방식을 점검하고 더 나은 소통 문화를 만들기 위해 노력해야 한다.

옥현진

이화여자대학교 초등교육과 교수. 디지털 미디어 리터러시에 대해 연구한다. 지은 책으로 『디지털 세상에서 읽고 쓰는 힘』 『미래사회와 교과교육』 『학생이 질문하는 즐거운 수업 만들기: 놀이편』 등이 있다.

검색이 아니라 사색이다

이
어
령

정보의 화수분, 인터넷

2000년대 초반, 인터넷 검색이란 것이 붐을 일으키기 시작했을 때, 미국에서는 이런 유머가 떠돌았습니다. 한 아버지가 아들에게 동화책을 사다 주고 읽은 소감을 물었지요. 그랬더니 아이 말이 아직 '메뉴'만 보아서 잘 모르겠다는 거예요. 충격을 받은 아버지는 책의 차례는 메뉴라고 하는 것이 아니라 '목차(table of contents)'라고 하는 것이라고 일러 줬지요. 그러고는 아이의 할머니에게 전화해서 이야기를 전했죠. 그랬더니 할머니는 "그러게 애들을 데리고 자주 식당에 가라고 하지 않았느냐."며 혀를 찼어요. 손자의 컴퓨터 메뉴가 할머니에게는 식당 메뉴였던 거죠.

이 유머처럼 한국의 할아버지들에게 '검색'이라고 하면 길거리나 여관에서 당했던 검문검색을 떠올릴지도 모르겠어요. 검색이란 말이 그렇게도 많이 변한 거죠. 정보 기술(IT)의 버블*로 다른 기업들은 모두 문을 닫는데 유독 검색 사이트인 구글(Google)만이 살아남은 걸 보면, 검색의 힘이 대단하긴 한가 봅니다. 어쨌거나 오늘도 인터넷의 바다에는 수많은 정보들이 화수분*처럼 쏟아져 나옵니다.

우리만의 독특한 DB 생성 프로젝트

전 세계적으로 검색 시장에서 패권을 잡은 것은 미국의 '구글'이지만, 우리나라에선 그 양상이 다릅니다. 한국의 토종 검색 사이트가 굳건히 1위를 지키고 있지요. 사실 '검색'이라 하면 이미 인터넷 웹 페이지에 있는 자료(DB)들을 찾아 주는 것을 의미합니다. 그러나 우리네 검색은 다르죠. '있는 정보를 찾아 주는' 것이 아니라 '정보를 만들어 주는' 검색 방식을 택했으니까요. 한글 자료(DB)는 영어로 된 자료에 비해 빈약합니다. 그래서 탄생한 것이 이미 존재하는 콘텐츠에 의존하기보다 사용자들이 서로 질문하고 답변하면서 만들어 가는 맞춤식 대화형의 '지식IN' 같은 자료(DB) 생성 프로젝트였지요.

하루 평균 질문이 3만 5,000건, 답변이 6만 5,000건이라는 경이적인 숫자를 기록하는 공간, 그 이면에는 남을 가르쳐 주고 싶어 하는 한국인의 독특한 지식 풍토가 있지요. '무식하다'는 게 욕이 되고 '무식이 죄'가 되는 선비의 나라에선 모두

---

* **버블**(bubble) 거품을 뜻하는 말. 쉽게 꺼지는 거품처럼 실제보다 과장되거나 과열된 현상.
* **화수분** 재물이 계속 나오는 보물단지.

가 다 선생이 되고 비평가가 되고 싶은 꿈이 있습니다.

더구나 익명 사회인 인터넷 세상에선 얼굴을 가릴 필요 없이 당당하게 무식한 질문을 할 수 있는 장치가 되어 있어요. 그것은 편집자가 항목을 정하고 권위자에게 의뢰해 집필하는 브리태니커형도 아니며, 같은 개방 참여형이면서도 정답만을 올려 한 치의 오류라도 생기면 웹 전체가 발칵 뒤집혀 벌집이 되는 온라인 백과사전 위키피디아와도 다릅니다. 이러한 패턴은 한국의 품앗이*나 계*처럼 서로 돌아가며 지식 재산을 모으고 공유하는 한국의 전통문화에서 비롯된 것인지도 모릅니다.

필터링의 힘, 사색에서 찾자

다른 나라의 검색 사이트는 일본의 단무지처럼 국물을 씻어 내 버리지요. 이를테면 필터링 기술입니다. 그러나 한국에선 국물을 그대로 두어 빡빡하지 않은 음식 맛을 냅니다. 틀린 대답도 삭제하지 않고 그냥 놔두어 그 빡빡한 인터넷 공간에 국물을 남기는 것이지요. '전화 말고 휴대전화로 할 수 있는 것은 무엇일까요?'라는 질문에 무려 1,300여 개의 답변이 쏟아져 나오는 것을 보면 우리나라 사람들이 얼마나 다원적이며 복합적인지 느낄 수 있어요.

＊**품앗이** 힘든 일을 서로 거들어 주면서 품을 지고 갚고 하는 일.
＊**계** 주로 경제적인 도움을 주고받거나 친목을 도모하기 위하여 만든 전래의 협동 조직.

하지만 내가 오늘 검색을 통해 많은 사실을 알아냈다고 해서, 과연 나 자신이 풍요로워진 걸까요? 인터넷 검색에서 얻은 지식은 남의 생각입니다. 나의 생각을 만들기 위해서는 정보와 정보를 결합하고 꿰어 낼 수 있는 지혜를 키워야 하지요. 그 힘은 바로 사색의 시간을 통해 키울 수 있습니다.

검색과 검색 사이에 사색의 징검다리를 놓으세요. 사색을 통해 얻는 '나의 생각'이 있어야, 우리는 지식의 화수분 속에서 나에게 정말 필요한 정보와 지식이 무엇인지, 그리고 잘못된 정보의 탁류*에 떠내려가지 않는, 내 안의 필터링 장치를 갖게 됩니다.

---

* **탁류** 흘러가는 흐린 물. 또는 그런 흐름.

○
○ **이어령** 1933~2022
○
문학평론가, 언론인. 초대 문화부 장관을 지냈다. 지은 책으로 평론집 『저항의 문학』 『전후문학의 새물결』, 산문집 『흙 속에 저 바람 속에』 『디지로그』 『젊음의 탄생』 『지성에서 영성으로』, 소설 『장군의 수염』 『환각의 다리』 등이 있다.

○ 여러분이 자주 사용하는 디지털 매체 중에서 친구들에게 추천하고 싶은 것은 무엇인가요? 유용한 정보를 찾을 때 사용하는 매체 또는 마음이 힘들 때 위로를 받거나 여가 시간을 활용할 때 주로 사용하는 매체를 소개해 봅시다.

❶ 평소 내가 즐겨 써 온 매체에 대해 역사와 특징 등을 자세히 조사해 보고, 친구들에게 소개하는 글을 써 봅시다.

❷ 해당 매체의 장점과 아쉬움을 떠올려 적어 봅시다.

○ 디지털 매체를 통해 접하는 다양한 정보 중에 때로는 제대로 검증받지 않은 정보, 사회적으로 혼란을 일으키는 정보도 있습니다. 하지만 디지털 매체가 올바르지 않게 쓰이거나 부정적인 측면만 있는 것은 아닙니다. 사람들의 관심을 불러일으켜서 세상을 긍정적으로 바꾸는 경우도 있습니다. 다음 글을 읽고 물음에 답해 봅시다.

사실 확인은 언론 보도 윤리에 있어 기본 중의 기본이지만, 간혹 시민들이 잘못된 보도 내용을 바로잡을 때도 있다. 한 예로 2023년 11월 '당근칼'에 대한 보도를 들 수 있다. 당시 한 뉴스 프로그램에서 플라스틱 장난감이자 어린이들이 요리를 배울 때 쓰는 당근칼이 아이들 사이에서 폭력적으로 쓰이며 부상을 입는 경우가 늘고 있다는 보도를 내보냈다.

해당 뉴스는 남자아이와 진행한 인터뷰도 담았는데, 문제는 남자아이의 발언을 옮긴 자막에서 발생했다. "여자애들 패요."라는 자막으로, 이것만 보면 남자아이들이 여자아이들을 당근칼로 위협하고 때린다고 오해하기에 충분했다. 이에 보도가 나간 뒤 네티즌 사이에서 남자아이의 폭력성에 대한 비판이 불거지기도 했다. 그런데 뉴스를 꼼꼼히 살핀 시청자들은 자막의 내용이 남자아이의 실제 발언과 일치하지 않는다는 것을 발견했다. 남자아이는 "여자애들 패요."가 아니라 "여자애들도 해요."라고 말했던 것이다. 즉 당근칼로 다른 아이들을 위협하는 행동이 남자아이든 여자아이든 널리 퍼져 있다는 뜻이었다.

이를 발견한 시청자들은 가만히 있지 않고 해당 방송사에 적극적으로 문제를 제기했다. 그 뒤 방송국에서는 해당 영상을 삭제하고, 사과 방송을 내보냈다. 방송국은 "시청자 여러분에 깊은 사과의 말씀을 드립니다. 또 인터뷰에 응해 준 초등학생과 부모님께도 사과드립니다. 아울러 앞으로 뉴스 보도에 있어 신중하고 면밀한 검토를 거쳐 이런 일이 재발하지 않도록 최선을 다하겠습니다."라고 밝혔다.

만약 시청자들이 문제를 제기하지 않았다면 해당 뉴스는 정정되지 않았을 테고, 기자들은 발언을 꼼꼼하게 확인해서 자막을 입혀야 한다는 사실도 놓쳤을지 모른다. 이처럼 언론 보도나 디지털 콘텐츠를 대할 때는 단순히 일방적으로 받아들이기만 하지 않고, 문제가 없는지 살펴서 이의 제기를 하고 소통하는 일이 중요하다.

시민들의 적극적인 참여가 디지털 콘텐츠의 질을 끌어올리는 역할을 할 때도 있다. 몇몇 방송에서 수어 통역을 하는 장면을 보았을 것이다. 수어 통역이란 농인(수어를 일상어로 사용하는 청각 장애인)과 청인(청각 능력이 있는 비장애인) 사이의 의사소통을 돕기 위해, 음성 언어를 수어나 제스처로 바꾸어서 전달하는 것을 말한다. 그런데 한 코미디 프로그램에서 뉴스 장면을 따라 하며 풍자하는 과정에서, 엉터리 수어 통역사를 등장시킨 적이 있다. 과장된 손짓 발짓을 하는 장면을 통해 웃음을 유발하려는 목적이었지만 농인들의 언어를 무시하고 비하했다는 비판을 받았다. 이뿐 아니라, 웹툰이나 웹소설 등에서 이주 노동자를 우스갯거리로 삼아 폄하하는 경우, 여성이나 노인을 비하하는 경우도 있다. 이제 시민들이 이러한 콘텐츠에 비판을 제기하고 국가인권위원회·방송통신심의위원회 등 기관에도 신고하는 일이 늘면서, 창작자나 제작자 사이에 특정 소수자를 무시하지 않고 다양성을 존중해야 한다는 의식이 폭넓게 퍼지고 있다.

❶ 글쓴이가 말하고자 하는 바를 중심으로 글을 요약해 봅시다.

❷ 디지털 매체를 통해 세상을 긍정적으로 바꾼 또 다른 사례를 찾아봅시다.

3부 · 매체는 힘이 세다

❸ 나의 인터넷 생활 태도 중 긍정적인 면과 부정적인 면을 생각해 적어 봅시다.

긍정적인 면:

부정적인 면:

'가짜 뉴스'라는 말 들어 보셨나요? 가짜 뉴스는 사실이 아닌 것을 사실처럼 가장한 뉴스입니다. 자극적인 기사로 조회 수를 늘리고 수익을 얻기 위해, 혹은 어떤 주장에 대한 근거를 거짓으로라도 그럴듯하게 꾸며서 사람들을 설득하기 위해 가짜 뉴스는 만들어지고 퍼져 나갑니다. 특히 인터넷을 통해 손쉽게 여러 정보를 접할 수 있는 현대 사회에서 가짜 뉴스 문제는 점점 심각해지고 있습니다. 3부의 다양한 글을 통해 매체의 힘을 실감했다면, 범람하는 매체와 정보 속에서 가짜 뉴스를 판별할 힘을 길러 보는 건 어떨까요?

우선 출처를 잘 확인해 보는 게 중요합니다. 해당 뉴스를 보도하고 있는 매체가 신뢰할 만한 곳인지를 살피는 게 첫 단계이지요. 그곳의 다른 뉴스 목록을 살폈을 때 선정적이고 자극적인 제목으로만 쓰여 있다면 믿기 어려운 매체일 거예요. 또 뉴스를 전하는 사람이나 기자의 이름과 소속, 경력이 잘 드러나 있는지도 살펴보면 좋습니다.

그다음으로는 뉴스를 뒷받침하는 근거를 확인해 봅시다. 믿을 만한 연구 결과나 통계 자료를 바탕으로 삼고 있는지, 혹시 오래전 정보를 재가공하거나 재탕한 것은 아닌지 살펴보는 일이 필요해요. 만약 '대중들의 반응'이나 '감정'과 같은 두루뭉

술한 것을 근거로 내세운다면 곧이곧대로 받아들이기보다 거리를 두는 편이 좋겠지요.

서로 다른 두 입장을 고르게 담으려 노력한 뉴스라면 신뢰도가 높아질 거예요. 가짜 뉴스는 그럴듯하게 들리는 한쪽의 주장만을 전할 때가 많고, 원인과 결과의 타당성을 제대로 따져 보지도 않거든요. 예를 들어 '학생인권조례의 도입으로 학생들의 성적이 떨어졌다.'라는 주관적인 주장을 그대로 받아쓴 기사는 인과 관계가 증명되지 않은 가짜 뉴스였습니다.

이렇듯 매체를 올바르게 읽어 내는 힘을 미디어 리터러시, 즉 매체 문해력이라고 합니다. 미디어 리터러시는 단지 가짜 뉴스를 판별하거나 전자 기기를 활용하는 능력만을 뜻하지 않아요. 디지털 세상에서 내가 어떻게 댓글을 달고 소통하고 행동할지부터 어떻게 해야 온라인 범죄로부터 안전을 지킬 수 있을지까지 폭넓은 의미를 담고 있지요. 3부의 다양한 글들은 물론이고, 『안전하게 로그아웃』(김수아 지음, 창비 2021)을 비롯한 여러 미디어 리터러시 책들을 살펴보면 도움이 될 거예요. 우리와 떼려야 뗄 수 없는 매체를 유용한 도구로 현명하게 사용하는 여러분이 되기를 바랍니다.

4부

지구가 울고 있다

자연은 우리 모두의 삶을 담고 있는 커다란 그릇입니다. 자연을 다른 말로 '환경'이라고도 하지요. 다만 환경은 사람을 중심에 둔 말이고, 자연은 사람 역시 생태계의 일부로 여기는 말이 아닐까 합니다. 자연 속에는 사람과 사람, 사람과 동물, 사람과 식물, 동물과 식물 등 다양한 관계가 엮여 있으며 이들 모두는 유기적으로 얽혀 살아가고 있습니다. 그래서 자연의 어느 한 부분이 무너지면, 우리 모두가 위험해집니다. 그런데 인간의 문명은 이러한 사실을 잊은 채 자연을 파괴하는 무분별한 개발을 이어 왔습니다. 그로 인해 물, 공기, 땅이 오염되고 지구 온난화로 인한 기후 위기가 발생하여 모든 생명체가 환경 재해를 입고 있습니다. 사람이 자연을 해치는 것은 스스로를 해치는 것과 같습니다. 자연이 변하면 우리의 삶도 변합니다. 사람이 거스를 수 없는 위대한 자연의 흐름을 보존하기 위해 우리가 어떠한 노력을 할 수 있는지 고민하며 4부의 글을 읽어 봅시다.

내가 버린 옷은 어디로 갈까

이
주
은

사람들은 옷을 얼마나 자주 살까? 평소에 교복을 입는 학생들은 옷장에 옷이 많지 않다고 대답할 수도 있다. 그러나 어떤 사람들은 수시로 여러 벌의 옷을 산다. 그러다가 이사를 하게 되면 옷을 산더미처럼 버려 놓고 떠난다. 그런 옷들 중에는 버린 사람이 옷을 산 이유나 마지막으로 입었던 때를 기억하지 못하는 옷도 있을 것이다.

더 이상 필요가 없는 옷은 의류 수거함에 버려진 다음에 어디로 갈까? 대부분의 사람들은 옷을 살 때는 고민을 하지만, 정작 구입한 옷이 어떤 과정을 거쳐 내 손에 들어왔는지, 옷이 버려진 후에는 어떤 일이 일어나는지 생각하지 않는다.

그런데 이렇게 버려진 옷은 환경 오염의 주범*이 된다. 심지어 옷이 만들어질 때부터 이미 환경에 미치는 악영향이 심각하다. 대체 옷이 환경과 무슨 상관이 있을까?

＊주범 어떤 일에 대하여 좋지 아니한 결과를 만드는 주된 원인.

인간은 태어나서 죽을 때까지 옷과 함께 살아간다. 지금 이 순간에도 세계 각지에 새 옷들이 마구 쏟아지고 있다. 지구에서 한 해 동안 만들어지는 옷은 무려 1,000억 벌에 이른다.

우리가 입는 옷은 섬유로 만드는데, 섬유의 종류에는 천연 섬유와 합성 섬유가 있다. 대표적인 천연 섬유는 면이다. '천연'이라는 말이 붙었다고 해서 친환경적이라고 생각하면 잘 못이다. 면의 원료는 목화인데, 이 목화를 생산하게 위해 매년 전 세계 농약의 10퍼센트, 살충제의 25퍼센트가 사용되기 때문이다. 방대한 목화밭에 농약을 뿌리는 과정에서 토양과 공기가 오염될 뿐만 아니라, 매년 2만여 명의 사람들이 농약 중독으로 죽는다.

그렇다면 합성 섬유는 어떨까? 합성 섬유는 대부분 석유를 원료로 하여 만들어지는데, 생산 과정에서 이산화탄소가 엄청나게 많이 배출된다. 합성 섬유 중 하나인 폴리에스테르의 경우 면직물에 비해 이산화탄소 발생량이 두 배가 넘는다.

합성 섬유로 만들어진 옷은 재활용이 어려워 대부분 땅에 묻히거나 소각*된다. 전 세계적으로 연간 9,200만 톤의 의류 폐기물이 쏟아지는데, 이 중 재활용 비율은 12퍼센트밖에 되지 않는다. 거의 모든 옷이 재활용되지 않는 합성 섬유로 만들어졌기 때문이다. 또한 옷을 생산할 때도, 소각할 때도 온실가

---

*소각 불에 태워 없애 버림.

스*가 배출된다. 그래서 전 세계 온실가스 배출량의 약 10퍼센트를 의류 산업이 차지하고 있다.

옷을 만들 때 사용되는 물의 양도 엄청나다. 예를 들어 청바지 한 벌을 만드는 데는 약 7천 리터의 물을 사용한다. 물 7천 리터는 우리나라 4인 가족이 5~6일 동안이나 쓸 수 있는 양이다. 게다가 옷을 만들 때 사용되는 각종 염료*와 표백제 같은 화학 물질은 심각한 수질 오염을 일으킨다.

한편 옷장에서 쫓겨난 옷은 의류 수거함이나 쓰레기 종량제 봉투에 담겨 버려진다. 다시 국내에서 판매되는 버려진 옷의 5퍼센트를 제외하고 95퍼센트의 옷은 개발도상국*으로 떠넘겨진다. 그 나라들은 세계 각지에서 수입된 의류 쓰레기 때문에 몸살을 앓고 있다. 그 나라 안에서 판매되는 옷도 있지만, 워낙 많은 옷이 쏟아지기 때문에 대부분 매립장*으로 보내지거나 강에 버려진다. 이렇게 버려진 옷에서 발생하는 악취와 유독한 화학 성분은 환경을 오염시키는 원인이 되고, 결국 그 피해가 고스란히 인간에게 돌아온다. 이 때문에 의류 산업이 일으키는 환경 오염을 지적하는 목소리가 높아지고 있다.

의류 산업이 환경에 미치는 악영향이 알려지면서, 의류 회

---

* **온실가스** 지구 공기의 온도를 높여 온실 효과를 일으키는 가스를 통틀어 이르는 말. 이산화탄소, 메탄 따위의 가스를 말한다.
* **염료** 옷감 따위에 빛깔을 들이는 물질.
* **개발도상국** 산업의 근대화와 경제 개발이 선진국에 비하여 뒤떨어진 나라.
* **매립장** 돌이나 흙, 쓰레기 따위로 메워 올리는 우묵한 땅.

사들의 고민도 늘고 있다. 그래서 의류 회사들은 친환경 섬유, 재활용 섬유*로 만든 옷과 신발, 가방 등을 앞다투어 생산해 내고 있다.

이렇게 만들어진 옷은 정말 친환경적일까? 친환경 섬유를 대표하는 유기농 면은 농약이나 화학 비료를 최소 3년 이상 사용하지 않은 땅에서 재배한 목화로 만든다. 유기농 면은 환경 오염을 어느 정도 줄일 수 있겠지만, 여전히 한계가 있다. 원료를 제외하고 옷을 만드는 방식이 다른 옷과 같아서 환경에 미치는 악영향이 남아 있기 때문이다. 또 유기농 면으로 만든 옷은 비싼 편이어서 소비자가 계속해서 구매하기도 쉽지 않다.

주로 페트병과 같은 폐플라스틱으로 만든 재활용 섬유도 역시 문제가 많다. 세탁할 때마다 미세 플라스틱이 배출되기 때문이다. 천연 섬유로 만들지 않은 대부분의 옷은 세탁 과정에서 마찰되면서 눈에 보이지 않을 정도로 작은 미세 플라스틱이 수십만 개나 나온다. 이 미세 플라스틱은 바다로 흘러 들어가 동물의 몸속에 쌓이고, 결국 우리 식탁으로 돌아오는 악순환을 만든다. 그래서 환경을 생각하는 나라들은 세탁기에 미세 플라스틱을 걸러 내는 필터를 의무적으로 장착하게* 하는 법안을 마련하고 있다.

* **재활용 섬유** 플라스틱 또는 나일론 등의 폐기물을 물리적·화학적으로 재활용하여 만든 의류용 섬유.
* **장착하다** 의복, 기구, 장비 따위에 장치를 달거나 붙이다.

옷으로 인해 환경 문제가 생기는 근본적인 원인은 옷이 지나치게 많이 생산되고, 소비되고, 버려진다는 것이다. 그래서 옷을 사기 전에 그 구매가 우리 사회와 환경에 어떤 영향을 미칠지 한 번쯤 생각해 보아야 한다. 옷뿐만 아니라 다른 물건을 살 때도 환경을 생각하는 소비자가 많아져야 한다. 그러면 생산자들도 환경을 고려하여 물건을 만들게 될 것이다.

○
○ ○   **이주은**
○

환경 운동가. 자원 재활용을 늘리고 플라스틱 용기 사용을 줄이자는 운동을 펼치고 있다. 이를 위해 소비자가 직접 가져온 그릇에 물건을 담아 갈 수 있도록 하는 상점을 운영 중이다. 함께 쓴 책으로 『알맹이만 팔아요, 알맹상점』이 있다.

모든 치킨은 옳을까*

이
지
선

식을 줄 모르는 치킨의 인기

우리나라의 성인은 1년에 약 16킬로그램 정도 이 고기를 먹어요. 열 가구 가운 데 일곱 가구는 1주일에 한 번 이상 이것을 먹지요. 전 세계에서 기르는 가축 약 300억 마리 가운데 대략 230억 마리는 이것이에요. 이것은 무엇일까요?

바로 닭이에요. 닭고기로 말할 것 같으면, 부모님 세대의 '통닭'에서부터 지금 십 대에게 익숙한 '치킨'에 이르기까지 외식을 할 때 빠지지 않는 메뉴 중 하나이지요. 닭고기는 세계적으로도 인기 만점입니다. 돼지고기나 소고기와 달리 다양한 문화권에서 선호하는 육류이지요. 경제협력개발기구(OECD) 통계에 따르면, 20세기까지는 돼지고기가 세계에서 가장 많이 소비되는 육류였어요. 하지만 21세기에 들어와서 닭고기 소비량이 돼지고기를 추월하기 시작했지요. 1990년대 이후 돼

* 이 글은 『모든 치킨은 옳을까?』(우리학교 2021) 제1장의 내용을 줄이고 다듬은 것이다.

지고기와 소고기의 소비량은 정체된 반면, 닭고기 소비량은 지금도 계속 늘어나고 있어요. 닭고깃값이 상대적으로 싼 데다, 사람들이 건강을 생각하다 보니 적색육보다는 백색육 소비가 늘어났기 때문이죠.

치킨 경제학의 시작

여러분은 닭 한 마리를 통째로 사서 먹는 경우가 많은가요? 아니면 닭 다리, 닭 가슴살 등 부위별로 포장된 상품이나 순살 치킨, 치킨 너깃처럼 아예 가공된 상품을 구매하나요? 아마 후자의 경우가 더 많을 거예요. 사람마다 입맛이 다르기도 하고 뼈를 발라 낼 필요가 없어 가공된 상품이 더 편하니까요.

그런 치킨은 어떤 과정을 거쳐서 우리 식탁 위에 오르게 될까요? 바로 여기서부터 치킨 경제학이 시작됩니다. 닭이 동물이 아닌 상품이 되고 산업이 되기 시작하는 순간부터 말이에요. 닭이 상품이 되면 생산 과정 또한 경제학의 원리를 따라가지요.

일단 상품으로서의 닭은 최대한 커져야 해요. 닭 한 마리에서 나올 수 있는 닭고기 양이 많을수록 업체는 이익을 보기 때문이죠. 그러니까 '큰 닭이 생산성이 높다.'라고 할 수 있어요. 사료비는 똑같은데 더 큰 닭을 키울 수 있다면 당연히 남는 이익은 커집니다. 이런 이유로 닭의 품종 개량이 시작됐어요. 더 많은 고기를 생산해야 하니까요. 특히 패스트푸드 업체를 중심으로 너깃과 치킨 버거에 쓰이는 닭고기 패티 등의 수요가 늘자, 닭의 가슴 부분을 비정상적으로 크게 키운 품종이 생산되기 시작했어요. 그 결과 몸집이 큰 닭들이 등장한 거죠.

닭이 자라는 속도도 한번 생각해 볼까요? 닭이 금방 자라서 판매할 수 있는 일정한 무게에 더 빨리 도달할수록 업체의 이익은 커지겠지요. 그래서 그 방향으로도 품종 개량이 이루어졌어요. 1970년대에는 닭이 판매 가능한 몸무게에 도달하려면 10주가 걸렸는데, 개량된 닭 품종은 40일이면 다 커요. 품종 개량으로 인해 과거에는 닭을 한 번밖에 팔지 못할 시간 동안 이제는 두 번 가까이 판매할 수 있게 됐다는 뜻이죠. 당연히 이는 매출 증대로 이어집니다. 닭의 수명이 5년에서 13년인 점을 감안하면 아주 어린 병아리 시절에 이미 고기가 되어 버리는 것이지요.

경제학적 측면에서 본다면 순조로운 변화일지 모르나, 이 변화는 닭으로서는 큰 재난이에요. 불어난 몸에 비해 다리는 지나치게 가늘고 약하다 보니 관절과 근육에 무리가 가는 것이죠. 통증 때문에 다리를 제대로 펴지도 못하는 닭도 있어요. 가슴살만 커지다 보니 살이 흐물흐물해지고 수분이 빠지는 증상도 생겨요. 닭에게 처참한 이 현실은, 양계 업체에게는 '상품'의 맛이 떨어진다는 고민으로 이어졌어요. 그래서 가공 과정에서 수분이 빠져나가지 못하도록 인산염이나 소금 등의 첨가물을 넣게 되었어요.

공장에 사는 닭들이 위험해

이렇게 닭을 키워 닭고기를 생산하는 일은 산업이 되었지요. 상품이 된 닭들은 효율성을 극대화하는 방향으로 품종 개량이 되었고요. 기업 입장에서는 상품 자체를 혁신하려는 노력과 함께 무엇이 또 필요할까요? 바로 상품 생산 공정을 효율적으로 만드는 일입니다. 집 뒷마당에서 몇 마리씩 키우던 축산 규모를 점차 늘려서 닭 한 마리를 생산하는 데 드는 비용을 줄이는 것이 그 핵심 개념이에요. 바로 '공장식 축산' 방식이 도입된 것이지요.

닭을 마당에 풀어놓고 키우는 전통적인 방목형 축산과 달리 공장식 축산은 효율성을 우선시하여 작은 공간에서 많은 가축을 생산하는 방식이에요. 이 과정에서 여러 문제점이 생겨났지만 가장 주목할 점은 가금류 농장, 아니 공장은 조류 독감 같은 치명적인 감염병에 매우 취약하다는 거예요. 2003년 이후 우리나라에서도 여러 차례 조류 독감이 발생했어요. 이 병원균은 면역력이 약한 개체군으로 옮겨 가며 감염을 일으키고 피해를 키웁니다.

공장식 축산 환경에서 자라는 닭들은 좁은 공간 때문에 스트레스를 받고, 배설물 등으로 인해 비위생적인 환경에 처하게 됩니다. 게다가 품종 개량으로 인해 닭의 몸집은 크지만 면역력은 떨어질 수 있지요. 따라서 이러한 환경에서 자라는 닭의 경우에 질병이나 감염병에 걸릴 위험이 훨씬 더 큽니다. 대

규모 축산으로 닭이 병들면 그 여파가 당연히 인간에게도 돌아오게 되겠지요.

진정으로 옳은 치킨을 위하여

가족이나 친구들과의 즐거운 한때를 완성해 주는 인기 만점 음식, 치킨. 우리가 즐겨 먹는 닭의 생장에 이런 환경과 구조가 있다는 사실, 짐작해 본 적이 있나요? 그렇다고 치킨을 아예 먹지 않을 수는 없겠지요. 하지만 더 건강하게, 더 올바르게 닭을 먹을 방법은 있을 거예요. 최근 닭이 스트레스와 질병에 노출되지 않도록 축사 면적을 넓히는 등 사육 환경을 개선하는 양계장이 나타나고 있습니다. 또한 이런 농장에서 생산하는 닭과 달걀에 대한 소비자의 관심도 커지고 있지요. 나아가 더 자연적인 방법으로 기른 농축산물을 소비하고자 하는 유기농 운동도 벌어지고 있어요. 닭과 인간의 관계는 어떻게 변화해 갈까요? 어떤 모습으로 변화해야 할까요? 앞으로 닭이 어떤 모습으로 우리 식탁에 오르게 될지 궁금합니다.

이지선

논픽션 작가. 신문사 기자로 오래 일했고 독서모임 스타트업을 거쳐 현재 스페셜티 커피 회사 콘텐츠팀에서 일하고 있다. 『10년 후 세계사: 두 번째 미래』, 『여기, 사람의 말이 있다』 『모든 치킨은 옳을까』 『부자 나라, 가난한 세계』 등을 함께 썼고, 『팬데믹의 현재적 기원』, 『사이언스 허스토리』 등을 번역했다.

토종 씨앗의 행방불명

박
경
화

1,500가지 밥맛

할머니는 알이 굵고 잘 여문 옥수수를 처마 아래에 매달았다. 그리고 벌레 먹지 않고 단단하게 여문 콩은 종류별로 주머니에 담아 시렁*에 얹어 놓았다. 햇볕을 받고 물기가 있으면 이내 싹이 트는 감자는 어둡고 바람이 통하는 창고에 보관하고, 따뜻한 것을 좋아하는 고구마는 사랑방에 있는 큰 단지 안에 넣어 두었다. 고구마는 방 안에서 겨울을 나니 따뜻해서 좋고, 우리는 추운 바깥에 나가지 않고도 생고구마를 먹을 수 있어 좋았다. 토란 뿌리는 사랑방 아궁이의 흙을 파서 묻어 두었다. 이렇게 할머니처럼 보통의 농가에서는 씨앗과 열매의 성질에 따라 보관하는 법과 장소를 달리했다.

씨앗 종류도 다양했다. 호랑이콩, 대추콩, 제비콩, 자갈콩, 쥐눈이콩, 새알콩, 알종다리콩, 자주콩, 비추콩, 푸르대콩, 눈

---

* 시렁 물건을 얹어 놓기 위하여 방이나 마루 벽에 두 개의 긴 나무를 가로질러 선반처럼 만든 것.

까메기콩, 선비밤콩, 보각다리콩, 준주리콩 등 메주와 된장의 재료인 누런 콩뿐만이 아니라 이름만 들어도 독특한 생김새가 떠오르는 다양한 콩이 있었다. 벼의 종류도 다양했다. 버들벼, 흰검부기, 녹도벼, 대관벼, 자광벼, 밀다리, 각시나, 족제비찰, 돼지찰, 쥐잎파리벼, 친다다치기, 쇠머리지장, 들렁들치기벼……. 이 낯선 이름들은 모두 우리 땅에서 재배했던 벼의 이름이다.

이렇게 다양한 쌀이 지방마다 다른 밥맛을 이어 왔다. 벼는 4,000~5,000년 전 고조선 시대부터 농사를 짓기 시작한 가장 오래된 재배 작물 중의 하나이다. 지금 재배하는 토종 벼만 해도 400여 종이고, 역사책에 기록된 것을 포함하면, 1,500종이 넘는 벼가 이 땅에서 자랐다. 무려 1,500가지 밥맛이 있었던 것이다. 그런데 이 다양한 밥맛은 다 어디로 갔을까?

봄이 돌아오면 농부는 여러 가지 종자를 뿌렸다. 가뭄에 강한 종자, 일찍 이삭을 패는* 종자, 병에 강한 종자를 따로 뿌렸다가 날씨를 봐 가며 그해에 맞는 종자를 모내기했다. 이것이 바로 종 다양성을 가진 토종 농사법이었다. 한국 토종 연구회는 토종을 이렇게 정의했다.

"토종은 한반도의 자연 생태계에서 대대로 살아왔거나 농업 생태계에서 농민이 대대로 사양하거나* 또는 재배하고 선

---

* 패다 곡식의 이삭 따위가 나오다.

발해서 내려온 한국의 기후 풍토에 잘 적응된 동식물 그리고 미생물이다."(안완식 『우리가 지켜야 할 우리 종자』, 사계절 1999)

쉽게 말하면 '토종'이란 조상 대대로 우리 땅에서 자연의 기운을 받고, 온갖 시련과 고난을 겪으면서 우리 기후에 맞게 진화해 온 종자를 말한다. 그래서 웬만한 질병에도 면역이 생겨서 농약 없이도 잘 자라고 건강한 열매를 맺는다.

물론 병에 걸리기도 하지만 내성*을 키우며 진화했기 때문에 병에 걸려도 잘 버티고 병이 잘 퍼지지 않는다. 그래서 좋은 먹을거리일 뿐만 아니라 우리 몸에 약이 되기도 했다. 또, 토종은 자신의 몸을 크게 키우지 않는다. 영양분이 가득한 거름을 듬뿍 주어도 과식하지 않고 자랄 만큼만 자란다. 줄기도 많이 뻗지 않고 자신이 감당할 만큼만 자란다. 그래서 열매는 달고 맛이 좋은데 수확량은 그리 많지 않다.

자살 씨앗

토종은 1970년대 경제 성장을 앞세운 산업화 이후 급격하게 줄어들었다. '잘살아 보세'를 외치며 시작된 산업화는 농업에서 먹을거리 생산을 늘리기 위해 애를 썼다. 열매를 많이 맺는 종자를 보급하고 많이 판매하는 데만 골몰하는 동안 다양한

＊ **사양하다** 가축이나 짐승을 먹여 기르다.
＊ **내성** 환경 조건의 변화에 견딜 수 있는 생물의 성질.

토종은 멸종되고 말았다. 지금 농부들은 해마다 시장에서 종자를 사다 쓴다.

그렇다면 시장에서 쉽게 살 수 있는 씨앗은 어떤 것일까? 종묘상*에서 사 온 개량종 씨앗을 '일대 잡종'이라고 한다. 이 씨앗들은 수확량이 많고, 일찍 수확할 수 있다. 또, 열매가 크고 열매살도 많다. 농부들은 많이 수확해서 좋은 값에 팔아야 자식들 학교도 보내고 생활도 할 수 있기 때문에 개량종 씨앗을 선택했다. 그런데 개량종은 특정한 병에 강한 성질을 갖도록 개량한 것인데, 그 병에는 강할지 모르지만 자가 치유력*이 없어 다른 병에는 아주 약하고 병은 금방 전염이 되어 퍼진다. 그래서 농약과 화학 비료가 필요하다.

이 씨앗의 또 다른 특징은 불임*이라는 것이다. 이 작물을 키워 씨를 받고 다시 심으면 싹이 트는 발아율도 떨어지고, 자라면서 병에 약하고 열매도 잘 맺지 못한다. 또, 부모를 닮지 않고 제각각으로 생긴 열매를 맺는다. 그래서 농부들은 다시 씨앗을 사다 써야 한다.

그런데 종묘 회사는 왜 이런 씨앗을 만들까? 그 이유는 해마다 씨앗을 팔기 위해서다. 농부들이 씨앗을 산 뒤 다시 사지 않

* **종묘상** 농작물 씨앗이나 묘목을 판매하는 상점. '종묘'는 씨나 싹을 심어서 묘목을 가꾸는 것. 또는 그렇게 가꾼 묘목.
* **자가 치유력** 자기 스스로 병을 낫게 하는 힘.
* **불임** 식물이 씨를 맺지 못하는 일.

으면 수익이 없기 때문이다. 또, 상품성 있는 종자*를 만들면 다른 회사에서 베낄 수 있기 때문이다. 다국적 회사*에서 개발한 종자 가운데 '터미네이터 종자'가 있는데, 이것은 아예 싹이 트지 않게 만들어졌다. 다국적 회사는 어떻게 하면 농부들이 해마다 종자를 사게 할지를 고심하다가 다음 해에는 싹이 트지 않도록 유전자를 조작하는 기술을 개발한 것이다.

터미네이티 종자는 생식 능력을 스스로 제거한 자손, 즉 자살 씨앗을 말한다. 다음 세대의 씨앗이 스스로 독소를 분비해 죽도록 만든 것인데, 씨앗을 판매하기 직전에 화학 물질로 씨앗에 자극을 주면 2세 씨앗이 성숙하는 시기에 독소가 분비되어 씨앗을 죽이는 것이다. 또, 자신의 회사에서 만든 특정한 농약을 뿌려야만 싹이 트도록 유전자를 조작한 '트레이터 기술'도 있고, 종의 경계를 넘어 마구잡이로 종을 섞는 '유전자 조작 종자'도 있다.

또 다른 문제는 다국적 종자 회사가 씨앗을 독점해 지적 재산권*을 행사한다는 것이다. 1997년 국제통화기금(IMF) 구제 금융 때 외국 회사에서 우리나라의 종자 회사를 대부분 인수했다. 종자 주권이 남의 손에 넘어가 버린 것이다. 이제 다국적

* **종자** 식물에서 나온 씨 또는 씨앗.
* **다국적 회사** 다국적 기업. 여러 나라에 계열 회사를 거느리고 세계적 규모로 생산. 판매하는 대기업.
* **지적 재산권** 지적 활동으로 인하여 발생하는 모든 재산권.

기업이 전 세계 나라의 씨앗을 독점하면서 세계 모든 사람들이 똑같은 음식을 먹게 될 수도 있다. 유전자 조작된 종자가 자연 생태계에 어떤 영향을 미칠지는 아무도 모른다. 우리 씨앗은 사라지고 외국 종자 회사에서 공급하는 입맛에만 길들여지게 될지 지금은 우리의 미래를 예측하기조차 어렵다.

박경화

환경 운동가. 지은 책으로 『지구를 살리는 기발한 물건 10』 『지구인의 도시 사용법』 『고릴라는 핸드폰을 미워해』 『여우와 토종 씨의 행방불명』 등이 있다. 2019년 환경의 날 대통령 표창을 받았고, 2015년 SBS 물환경대상 두루미상을 수상했다.

꿀벌들은 다 어디로 사라졌을까

국
가
환
경
교
육
센
터

 인류는 아주 오래전부터 야생 꿀벌의 꿀을 채취하거나 벌을 사육하여 꿀을 얻는 등 벌과 함께해 왔습니다. 하지만 몇 년 전부터 전 세계적으로 꿀벌들이 한꺼번에 수만 마리가 폐사하는* 등 꿀벌이 멸종 위기에 처했다는 소식이 들리고 있습니다. 꽃이 있는 곳이라면 항상 보이는 꿀벌이 멸종될 수도 있다니 무슨 일일까요?

 꿀벌은 수많은 식물들의 꽃가루를 어느 한 꽃에서 다른 꽃으로 옮기는 수정(受精)* 작업을 하며 생태계 균형을 유지하는 데 큰 역할을 맡고 있습니다. 이는 오늘날의 농사에서도 예외가 아닌데, 우리가 먹는 과일과 식량 대부분은 꿀벌 없이 열매를 맺지 못하기 때문이에요. 작물의 수정 작업을 하나하나 사

---

* **폐사하다** 주로 짐승이나 어패류가 갑자기 죽게 되다. 급격한 기온 변화나 병균 감염으로 소, 오리, 꿀벌, 물고기, 조개 따위가 죽는 것을 이른다.
* **수정** 암수의 생식 세포가 하나로 합쳐져 접합자가 되는 현상을 말하는데, 여기서는 종자식물에서 수술의 꽃가루가 암술머리에 옮겨 붙는 일을 가리킨다. 이 일은 바람, 꿀벌, 새, 또는 사람의 손에 의해 이루어진다. 가루받이.

람의 손으로 작업할 수는 없는 만큼, 벌이 있다면 사람이 직접 하는 것보다 더 효율적으로 수정 작업을 할 수 있습니다. 실제로 미국의 아몬드 농가는 양봉업자에게 대가를 지불하고 꿀벌을 데려와 수정시키는 일이 많답니다.

그렇다면 우리 생태계에 중요한 존재인 꿀벌은 왜 사라지고 있을까요? 미국에서는 2006년부터 뚜렷한 이유 없이 벌의 떼죽음 현상이 나타나서 최근 10년간 40퍼센트 이상 개체 수가 감소했다고 합니다. 미국뿐만 아니라 유럽을 비롯해 전 세계적으로 꿀벌이 꿀과 꽃가루를 채집하러 나섰다가 집으로 돌아오지 않아 벌집에 남아 있던 유충과 여왕벌이 폐사하는 현상이 벌어지고 있습니다.

이런 꿀벌의 실종 현상을 '벌집군집붕괴현상(CCD)'이라고 하며 정확한 원인은 아직까지 밝혀지지 않았습니다.

전문가들이 내놓은 원인에는 기후 변화와 서식지 감소, 전염병 바이러스, 전자파, 살충제 살포 등이 있는데, 그중에서도 가장 유력한 원인으로 신경 자극성 살충제인 '네오니코티노이드' 성분과 기후 변화를 꼽고 있습니다.

신경 자극성 살충제 네오니코티노이드는 꿀벌의 기억을 앗아 가고 중추 신경계에 영향을 준다는 연구 결과가 나왔습니다. 실제로 영국과 독일, 헝가리에서 20평방킬로미터 면적의 농장에 해당 살충제를 뿌렸더니 독일은 별 차이가 없었지만 영국과 헝가리에서 일벌이 24퍼센트 정도 줄어들었다고 합니다. 벌들이 비행 도중 방향 감각을 잃고 집으로 돌아가지 못하고 밖에서 죽음을 맞이하는데, 국내에서는 봄철마다 적화제(摘花劑)*를 맞은 꿀벌들이 벌통 앞에서 비실대거나 사체로 발견되기도 했다고 합니다.

또, 꿀벌은 온도 변화에 민감한 변온 동물이기 때문에 일교차가 커지거나 이상 기후로 많은 비가 내리면 갑자기 하락하는 기온에 적응하지 못하고 쉽게 죽을 수 있다고 합니다. 또, 지구 온난화의 영향으로 꽃이 피어 있는 기간이 짧아지면서 꿀벌이 꿀을 모을 수 있는 기간이 짧아진 것도 꿀벌의 멸종 위기에 기여했을 것으로 추측하고 있습니다.

우리나라에선 지난 2010년 벌에게 치명적인 전염병 '낭충봉아부패병'이 전국을 휩쓸면서 토종벌의 98페센트가 폐사하는 일이 벌어졌습니다. 정부에서는 국유림*을 중심으로 밀원 수림(蜜源樹林)*을 조성하고 토종 꿀벌을 사냥하는 외래종 '등검은말벌'을 생태계 교란종으로 지정하는 등 양봉 농가의 피해를 줄이고자 노력하기도 했습니다.

꿀벌의 멸종 위기 소식에 놀란 많은 국가들이 꿀벌 살리기 운동을 시작했습니다. 유럽에서는 꿀벌의 신경계를 교란시키

---

* **적화제** 과수의 꽃을 떨어지게 하는 약제. 열매의 양을 조절하거나 품질을 향상시키기 위하여 적화제를 뿌려 꽃을 솎아 낸다.
* **국유림** 나라에서 소유하고 관리하는 산림.
* **밀원 수림** 벌이 꿀을 빨아 오는 원천이 되는 식물의 숲. 혹은 벌에게 먹이를 제공하는 식물이 우거진 숲을 말함.

는 농약 및 살충제의 일부를 금지하기로 했는데, 여기에는 앞서 말한 네오니코티노이드 계열 살충제도 포함되어 있습니다. 지난 2017년에는 유엔 회원국의 만장일치로 매년 5월 20일을 '세계 꿀벌의 날'로 지정하기도 했답니다. 세계 꿀벌의 날은 세계 야생 식물과 식량을 생산하는 데 필수 곤충인 꿀벌의 소중함을 깨닫고 보호 대책을 세우는 것이 목적입니다. 우리나라에서는 서울 도심에서 도시 양봉장을 운영하며 꿀벌 살리기에 나섰습니다. 서울숲, 한강, 국회 등 우리에게 익숙한 공간에 꿀벌이 들어와 살고 있답니다. 그중 국회 도서관 옥상에 들어선 양봉장에서는 올해 봄에 꿀 300킬로그램을 수확하여 코로나19 대응을 위해 일선에서 싸운 대구·경북 의료인들과 공무직 근로자들에게 전해졌다고 해요.

전 세계에서 꿀벌을 살리기 위해 다양한 노력을 하고 있지만 단순히 국가의 노력만으로는 멸종해 가는 꿀벌을 살리기 어렵기 때문에 우리도 함께 꿀벌을 살리기 위한 노력을 해야 합니다. 꿀벌의 생존에 위협이 되는 기후 변화와 지구 온난화의 가속화를 막기 위한 노력에 동참해야겠습니다. 대중교통 이용하기, 가까운 거리는 걷거나 자전거 타기, 일회용품 사용 자제와 쓰레기 줄이기 등 많은 사람들이 작은 실천을 하는 것만으로도 우리의 지구는 지금보다 더 나아질 수 있답니다.

지난 2017년 유엔의 발표에 따르면 현재 지구의 야생벌 2만종 가운데 8,000종이 멸종 위기에 처했고, 우리나라의 토종 꿀벌 역시 멸종 위기에 처해 있습니다. 아주 오랜 시간 우리와 함께해 왔기 때문에 영원히 우리 곁에 있을 것만 같았던 꿀벌은 인간의 이기심과 무관심 속에서 멸종 위기에 처하게 되었습니다. 더불어 살아가는 자연을 위해 꿀벌의 소중함을 알고 보호하기 위한 노력에 여러분도 함께하기를 바랍니다.

국가환경교육센터(www.keep.go.kr)

기후 위기에 대응하기 위한 환경교육에 중점을 두어 다양한 시민교육 프로그램을 운영하고 있다.

공간이 우리의 삶을 만든다[*]

한
현
미

집 ─ 따로, 또 같이 편히 쉬다

사람이 살아가려면 입을 것, 먹을 것, 살아갈 곳인 의식주가 필요하다. 평소에 우리는 무슨 옷을 어떻게 입을지 고민을 많이 한다. 먹는 일에도 관심이 많아서 매일 무엇을 어떻게 먹을지 생각한다. 그러면 우리가 살고 있는 집과 관련해서는 어떤 생각을 해 보았는가?

집을 떠나 며칠 동안 수학여행을 가거나 체험 활동을 갔던 경험을 떠올려 보자. 처음에는 신이 나지만 시간이 지날수록 집이 그리워진다. 여정을 마치고 돌아오는 길, 멀리 동네가 보이고 집이 보일 때 우리는 포근함을 느낀다.

이처럼 집은 우리가 몸을 편히 눕힐 수 있는 공간이자 마음을 잠시 내려놓을 수 있는 공간이다. 집을 떠올렸을 때 어떤 공간이 먼저 생각나는가? 집을 더 편안하고 행복한 공간으로 만

[*] 이 글은 『공간의 인문학』(맘에드림 2018) 12~21면, 74~80면을 재구성한 것이다.

4부 · 지구가 울고 있다

들기 위해 우리가 할 수 있는 일은 무엇일까?

개인적인 공간, 방

집에 들어와서 방으로 들어갈 때는 방문을 통과해야 한다. 방은 문으로 연결되어 있다. 문을 열면 다른 공간과 통하고, 문을 닫으면 개인적인 공간이 된다. 우리는 개인적인 공간인 방에서 어떻게 살아가고 있는가? 다음 사례를 보자.

학생 1 지친 몸을 이끌고 방으로 들어온다. 방바닥에는 벗어 놓은 옷과 양말이 뒹굴고 있다. 책상 위에는 책과 공책, 여러 가지 종이들이 수북이 쌓여 있다. 책상 위가 지저분해서 한참을 치우다 보니 시간이 훌쩍 지나 버렸다. 공부는 내일부터 해야겠다.

학생 2 지친 몸을 이끌고 방으로 들어온다. 창밖으로 잔잔히 비치는 저녁노을을 보면서 옷을 벗어 옷장에 정리한다. 책꽂이에는 교과서와 읽을 책이 나란히 꽂혀 있다. 의자에 앉아 공부를 시작한다. 공부를 마치고 알찬 하루를 보낸 것에 뿌듯해하며 잠자리에 든다.

같은 방이라도 어떻게 가꾸느냐에 따라 환경이 달라지고, 그 환경에 따라 행동이 달라진다. 사람은 공간을 만들고, 공간은 사람을 만든다. 지금 우리는 비슷한 하루를 살아가는 것처럼 보이지만 공간을 어떻게 정리하느냐에 따라 10년 후, 20년 후의 삶은 달라질 수 있다. 자, 지금 방을 둘러보자. 그리고 깨끗하게 정리해 보자. 마음가짐이 달라질 것이다.

공유하는 공간, 거실

오늘날의 거실은 옛날 우리 조상들의 집 구조에서 대청마루에 해당한다. 마루는 지나가던 이웃도 편히 들러 이야기를 나누던 곳, 놀러 온 친구와 소꿉놀이하던 곳, 가족이 함께 둥그런 상에 둘러앉아 밥을 먹던 곳이다.

그렇다면 오늘날의 거실 풍경은 어떠한가? 자신의 집 거실을 찬찬히 관찰해 보자. 모두 아무 말 없이 거실 한쪽 벽면을 차지하고 있는 검은 상자인 텔레비전을 보고 있지는 않은가? 같은 공간에 있는 사람들이 각자의 휴대 전화로 다른 공간의 사람을 만나느라 적막감이 흐르지는 않는가?

이제 텔레비전을 치우고 휴대 전화를 내려놓아 보자. 거실 한쪽에 책장을 두고 책을 꽂아 보자. 그 옆에 살아 숨 쉬는 식물을 몇 개 놓아둔다면 마음이 편안해질 것이고 아늑한 공간에서 가족들과 대화하고 싶은 마음이 생길 것이다. 그리고 함께 모여 앉아 책을 읽을 수도 있을 것이다.

소통의 공간으로 바뀐 거실의 모습을 상상해 보자. 공간을 긍정적으로 바꾸어 나갈 때 우리의 삶도 더 나은 방향으로 흘러갈 것이다.

길 — 공간과 공간, 사람과 사람을 잇다

우리는 집에서만 생활하지는 않는다. 길을 따라 학교도 가고, 친구네 집도 가고, 서점에도 간다. 길은 공간과 공간만 이어 주는 것이 아니다. 사람과 사람도 잇는다. 원래 길이 없던 곳이라도 사람이 왕래하면 길이 된다.

주택 단지에 있는 잔디밭을 보면 샛길이 꼭 있다. 공간을 설계한 사람의 의도와 다르게 좀 더 짧은 거리로 이동하려는 사람들이 자연스럽게 만들어 낸 길이다. 관리자는 이런 현상을 보고 두 가지 중 하나를 선택할 수 있다. 하나는 길을 막아 놓고 "돌아가세요."라고 쓰여 있는 푯말을 붙이는 방법, 또 하나는 길이 난 곳에 디딤돌을 깔아서 작은 길을 만들어 주는 방법이다. 어떤 방법을 선택할 것인가? 우리 삶에서 길은 어떤 의미인가?

같은 듯 다른 공간, 길과 도로

길은 사람이나 차가 반복적으로 다니면서 만들어진 공간이다. 통행량이 늘어나면 길을 넓히는데, 이때 길은 도로가 된다. 길은 자연스럽게 만들어진다는 의미가 강한 데 비해, 도로는 인위적*으로 확장하여 건설한다는 의미가 강하다.

예로부터 길은 지형과 자연스럽게 어우러지면서 만들어졌

기에 보통 울퉁불퉁하거나 구불구불하다. 오솔길, 들길, 과수원 길, 골목길 등 길은 환경에 따라 다양한 모습으로 나타난다. 반면 도로는 사람이 계획적으로 만들었기에 대부분 평평하고 곧게 다듬어져 있다. 때로는 직선으로 쭉 뻗은 도로를 만들기 위해 마을과 마을을 끊어 내고 산을 두 동강 내기도 한다. 빠르게 더 빠르게 앞으로 나아갈 수 있도록 해 주는 도로가 있어 우리 삶은 편리해졌다. 하지만 주변 환경에 관심을 두지 않고 홀로 나아가는 도로의 모습을 보면 어떤 생각이 드는가? 마치 서로 일등을 차지하려고 경쟁하듯 달리는 사람들의 모습이 연상되지는 않는가?

이야기와 풍경이 있는 공간, 골목길

옛날 동네에는 집과 집을 이어 주는 골목길이 있었다. 담장을 따라 윗집과 아랫집, 그리고 옆집이 이어졌다. 골목마다 색깔이 있고, 빛이 있고, 풍경이 있었다. 골목 사이에는 들마루*를 내놓고 이웃끼리 이야기를 꽃피웠다. 아이들은 골목길에서 고무줄놀이도 하고, 공기놀이도 하고, 술래잡기도 하면서 뛰어놀았다.

옛날 골목길은 사람들이 서로의 온기를 느낄 수 있는 소통

* **인위적** 자연의 힘이 아닌 사람의 힘으로 이루어지는 것.
* **들마루** 이동이 가능한 마루.

의 공간이자 울고 웃으며 살아가는 삶의 공간이었다. 골목길도 집의 일부나 마찬가지였다.

그러나 차량이 늘어나면서 사람들은 차량 통행을 우선시하게 되었고 골목길에서도 차를 조심해야 했다. 골목길이 불편한 공간이 되자 사람들은 집 안으로 들어가서 생활하였으며 이에 따라 이웃과 함께하는 시간도 줄어들었다.

지금의 골목길에는 마음을 얹어 둘 틈이 없다. 동네에 옛날 골목길과 같은 역할을 하는 공간이 있으면 좋겠다. 동네 사람들이 함께 아이를 돌봐 줄 수 있는 공간, 악기를 배우거나 그림을 그릴 수 있는 공간, 재미난 책들이 쌓여 있고 자유롭게 책을 읽을 수 있는 공간이 있다면 사람들이 자연스럽게 모일 것이고 서로 마음을 나눌 수 있을 것이다. 그 과정에서 삶의 여유도 생기고, 이웃을 대하는 배려도 생기고, 공동체 의식도 생길 수 있다.

사람은 공동체 속에 있을 때 진정으로 행복감을 느낀다. 공동체 속에서 편안한 관계를 맺고 소통할 수 있는 공간을 만들 때, 지금보다 한 뼘 더 행복한 삶을 누릴 수 있을 것이다.

○
○ **한현미**
○
중학교 교사. '아름다운 공간은 아름다운 생각을 만들고, 아름다운 생각은 아름다운 행동을 낳는다.'라는 생각을 바탕으로 집과 학교라는 공간을 포근하게 가꾸려고 노력하고 있다. 지은 책으로 『공간의 인문학』 『더불어 읽기』 등이 있다.

육지의 배설물은 바다에 쌓인다

남종영

1997년 찰스 무어는 미국 로스앤젤레스에서 하와이까지 태평양을 횡단하는 요트 경기를 마치고 캘리포니아로 돌아가는 길이었다. '북태평양 아열대 환류대'를 통과하던 즈음이었다. 바다 저 멀리 흐릿한 섬이 떠올랐다. 지도를 펼쳐 보니, 섬이 있을 만한 위치가 아니었다. 지금 요트가 향해하는 이곳은 태평양 한가운데 하와이에서도, 미국 서부 연안에서도 가장 멀리 떨어진, 태평양에서 가장 외딴 지역이었다.

태평양의 쓰레기 섬

놀랍게도 그가 발견한 것은 거대한 쓰레기 섬이었다. 그는 훗날 자신의 에세이에서 당시 상황을 이렇게 회상했다.

"가장 원시적인 바다에서 내가 목격한 것은 원시적인 섬이 아니었다. 나는 내 눈을 의심할 수밖에 없었다. 섬은 플라스틱 더미로 이루어져 있었다. 나는 그 일주일 동안 아열대의 바다를 건너면서, 수많은 페트병과 뚜껑, 포장재 등의 플라스틱 조각을 헤쳐 나갔다."

찰스 무어는 고무 타이어, 자동차 계기판, 버려진 욕조를 지나치며 플라스틱의 세상을 여행했다. 그가 발견한 이 쓰레기 더미는 훗날 '태평양 쓰레기 섬(Great Pacific Garbage Patch)'으로 이름 붙여졌다.

쓰레기 섬이 떠다니는 지역은 북태평양 환류대 주변이다. 이 지역은 연중* 적도의 더운 공기가 고기압을 이루어 바람을 빨아들이기만 할 뿐 내보내지 않는 곳이다. 이 해류는 아시아와 북아메리카 대륙 사이를 시계 방향으로 돈다. 육지에 버려진 쓰레기는 빠른 해류를 타고 돌다가 안쪽으로 빠지면서 정체되기 시작한다. 이렇게 하나둘씩 쓰레기가 모이면서 하나의 섬이 된 것이다. 뱃사람들은 이곳을 예로부터 '무풍지대'*로 여기며 기피했다. 참치나 고래, 상어도 이곳을 꺼렸다. 바람이 없어 생태계가 다른 곳과 교류하지 않는 '태평양의 사막'이었기 때문이다. 그런데 바로 이곳에 쓰레기 더미가 고립되어 떠다니고 있던 것이다.

과학자들은 찰스 무어가 발견한 쓰레기 섬을 연구하기 시작했다. 섬의 크기는 아직까지 정확히 측정되지 않았다. 섬을 이루고 있는 잔해*가 대부분 작은 플라스틱이어서 인공위성이

* **연중** 한 해 동안 내내.
* **무풍지대** 바람이 불지 아니하는 지역. 다른 곳의 재난이나 번거로움이 미치지 아니하는 평화롭고 안전한 곳을 비유적으로 이르는 말.

나 비행기로는 관찰할 수 없기 때문이다. 가까이 가서 보지 않는 한 정확한 규모를 알 수 없었다. 그래서 과학자들은 일부 샘플을 토대로 규모를 추정했는데, 작게는 70만 제곱킬로미터에서 크게는 1,500만 제곱킬로미터에 이르는 것으로 보고 있다. 태평양 전체 면적의 0.4퍼센트에서 8.1퍼센트에 이르는 크기다.

태평양 쓰레기 섬의 쓰레기들은 모두 인간이 버린 것들이다. 우리가 버린 쓰레기들도 남해나 동해를 지나 이곳으로 흘러들었을 것이다.

육지의 쓰레기는 육지로

국제 사회는 일찍부터 바다 환경을 보호하기 위해 바다에 쓰레기를 버리는 것을 금지해 왔다. '육지에서 나온 쓰레기는 육지에, 바다에서 나온 쓰레기는 바다에' 버리는 게 원칙이다. (중략) 우리나라도 그 원칙을 적용하고 있다. 그래서 수산물 가공 공장에서 나오는 생선 기름이나 생선 찌꺼기들은 바다에 버려도 된다. 수산물 시장에서 나오는 조개껍질이나 수산물 폐수도 마찬가지다.

하지만 여전히 원칙이 적용되지 않는 것들이 있다. 소나 돼지 등의 축사에서 나오는 가축 분뇨*와 일반 가정에서 나오는

---

* 잔해 부서지거나 못 쓰게 되어 남아 있는 물체.

음식물 쓰레기다. 이것들은 불과 2012년까지도 합법적으로 바다에 버려졌다. 우리가 남은 음식물을 음식물 쓰레기통에 버리면, 지방 자치 단체의 수거 차량이 '음식물 자원화 시설'로 가져간다. 음식물 자원화 시설은 이것을 가지고 가축의 사료나 농경지의 퇴비로 만든다. 하지만 거기서 자원화되지 않고 남는 것들이 있다. 이 쓰레기들이 폐기물 운반선을 타고 바다로 가서 버려지는 것이다.

그렇다면 바다 아무 데나 버리는 걸까? 그렇지 않다. 정부는 1993년부터 동해·서해 연안에서 멀리 떨어진 바다 3개 구역을

＊ **분뇨** 똥과 오줌.

'바다의 쓰레기장'으로 선정해 운영하고 있다. '서해 병', '동해 병', '동해 정' 구역이 그것이다. 서해 병 구역은 군산 서쪽 200킬로미터 지점에 위치한 지역으로 수심은 80미터다. 동해 병 구역은 포항에서 동쪽으로 125킬로미터 떨어진 수심 200~2,000미터 지역이다. 동해 정 구역은 울산에서 남동쪽으로 불과 63킬로미터밖에 떨어지지 않았다. 수심은 약 150미터 정도다.

동해 병 구역은 전체 폐기물의 60퍼센트가량을 담당하는 우리나라 최대의 바다 쓰레기장이다. 서해 병 구역과 동해 정 구역은 각각 전체 폐기물의 27퍼센트와 13퍼센트를 담당한다. 이렇게 많은 쓰레기가 바다에 버려진 것은 음식물 쓰레기의 육상 매립*이 금지된 이후다. 이에 따라 음식물 자원화 시설에서 최대한 많은 양을 사료나 퇴비로 재활용해야 하는데, 기술 부족 등의 이유로 성공하지 못하고 바다로 버려진다. 또한 축사에서 나오는 분뇨를 깨끗하게 만드는 정화 시설도 많이 짓지 못했다. 힘이 들더라도 환경 정화를 위해 새로운 기술을 개발하고 투자하는 대신, 바다에 버리는 손쉬운 방법을 택한 잘못이 우리에게 있다.

그런데 비상이 걸렸다. 우리나라도 런던 의정서*에 따라 해

---

* **육상 매립** 쓰레기를 법이 정한 처리 기준에 따라 산이나 구릉 또는 평지 등에 최종적으로 묻어 처분하는 일.
* **런던 의정서** 폐기물의 해양 투기로 인한 해양 오염을 방지하기 위해 마련된 국제 협약.

양 투기*를 전면 중단해야 하는 상황에 이른 것이다. 우리나라는 국제사회에 2012년부터 가축 분뇨의 해양 배출을 중단하겠다고 약속했고, 이어 2013년에는 음식물 쓰레기도 모두 육상에서 처리하겠다고 공언했다. 결국 2013년부터 해양 투기가 전면 금지됐다. 이에 따라 정부는 1억 2,000만 톤의 쓰레기를 육상에서 처리하기 위해 동분서주*하고 있다.

바다의 종기를 없애기 위해

우리는 국제 사회에 한 약속을 지켜야 한다. 우리 바다가 오염되고 있기 때문이다. 세 곳의 '바다 쓰레기장'은 다른 바다보다 중금속 등의 유해 물질 농도가 높은 것으로 여러 연구 결과에서 확인되고 있다. 그중에서도 동해 병 구역은 중금속 농도가 가장 높다. 가축 분뇨와 음식물 쓰레기는 대부분 유기성 물질*이다. 유기성 물질이 많아지면 식물성 플랑크톤이 번식하면서 적조 현상*이 일어나고 바다 생태계가 치명상을 입는다. 바다에서 악취가 나고, 산소가 부족해지면서 어류나 패류가 떼죽음을 당하기도 한다. 가축 분뇨에서는 성장 발육제 등

* **해양 투기** 폐기물 따위의 물질을 바다에 버리는 일.
* **동분서주** 동쪽으로 뛰고 서쪽으로 뛴다는 뜻으로, 사방으로 이리저리 몹시 바쁘게 돌아다님을 이르는 말.
* **유기성 물질** 식물, 동물 등 주로 생명체가 생산하는 물질로, 탄소와 수소를 주요 구성 원소로 가지는 화합물.
* **적조 현상** 식물 플랑크톤이 갑작스레 엄청난 수로 번식해 바닷물이 붉게 물들어 보이는 현상. 바닷물이 부패하기 때문에 어패류가 크게 해를 입는다.

에 사용된 중금속인 구리가 검출되기도 한다. 하수 찌꺼기에도 납, 카드뮴, 크롬 등의 중금속 농도가 높다.

바다가 오염되면 어떻게 될까? 결국 바다 생태계의 건강성이 악화되고 생선과 해초를 먹는 우리 건강도 위협받게 된다. 중금속으로 오염된 바다에 사는 생선을 먹으면 우리 인체에도 같은 중금속이 농축된다.* 이 때문에 정부는 2006년부터 세 구역의 일부에 휴식년제*를 설정해 해양 배출을 금지했다. 휴식년제 덕분에 오염 물질이 줄어들긴 했지만, 아직도 납이나 카드뮴 등의 중금속 농도가 미국 해양 대기 관리처(NOAA)의 기준을 초과하고 있다는 게 정부의 설명이다.

찰스 무어가 발견한 '태평양 쓰레기 섬'은 바다에 난 종기가 되어 버렸다. 북태평양을 시계 방향으로 돌면서 맴도는 북태평양 환류는 인간이 여기저기서 버린 쓰레기를 빨아들이며 몸집을 키운다. 국제사회는 태평양의 움직이는 쓰레기 괴물을 어떻게 치울지 아직까지 해결책을 찾지 못하고 있다. 당장 인공위성이나 비행기를 이용해 정확한 위치와 규모를 알기도 어려운 실정이다.

물론 지구에는 자정 능력*이 있다. 거대한 쓰레기 섬도 수백

---

* **농축되다** 크기가 작은 액체나 기체 성분이 사람이나 동물의 내부에 쌓이다.
* **휴식년제** 오염이 심한 산이나 하천 따위를 일정 기간 동안 사람들이 오고가지 못하게 하여 원래의 자연 상태로 회복시키기 위한 제도.
* **자정 능력** 자연 생태계가 스스로 최초의 균형 상태로 원상 복구하려는 능력.

4부 · 지구가 울고 있다

년 동안 파도에 부딪히고 자외선에 노출되면 조금씩 분해된다. 음식물 쓰레기가 만든 바다의 오염 지대도 해류를 타고 확산되면 점차 오염 물질의 농도가 낮아진다. 하지만 언젠가 지구의 자정 능력이 작동하지 못하는 순간이 찾아올 수 있다. 그렇기 때문에 우리는 물건을 아껴 쓰고 쓰레기를 줄여야 한다. 지구는 결코 우리를 기다려 주지 않기 때문이다.

남종영
논픽션 작가, 기자. 지은 책으로 『안녕하세요, 비인간동물님들』 『잘 있어, 생선은 고마웠어』 『고래의 노래』 『북극곰은 걷고 싶다』 『동물권력』 등이 있다. 『동물권력』으로 2023년 한국출판문화상 교양부문 저술상을 수상했다.

동네 쓰레기를 하루아침에 사라지게 하려면

공
규
택

얼마 전 EBS 교육방송의 한 프로그램에서 재미난 실험을 했습니다. 서울의 어느 한 동네, 이곳에는 늘 쓰레기가 쌓이는 담벼락이 있습니다. 담벼락에는 누군가 쓰레기를 버리지 말라는 내용의 호소문을 붙여 놓았습니다. 바로 옆 전봇대에도 쓰레기 무단 투기를 엄중히 경고하는 빨간색 글씨가 대문짝만 하게 붙어 있습니다. 그러나 소용이 없습니다. 환경미화원이 매일같이 쓰레기를 가져가도 하룻밤만 지나면 또다시 많은 양의 쓰레기가 쌓입니다. 급기야 CCTV를 설치해 보았으나, 설치한 당일에 조금 효과가 있었을 뿐 이내 쓰레기가 쌓어 갑니다. 어두운 밤이 되면 동네 사람들이 하나둘 쓰레기를 들고 와 슬그머니 담벼락에 내려놓고 사라집니다. 이곳의 쓰레기는 영원히 치울 수 없는 것일까요?

창의성으로 해결하라, 넛지 효과
그러나 작은 아이디어 하나가 믿기지 않을 만큼 놀라운 변

4부 · 지구가 울고 있다

화를 가져왔습니다. 바로 담벼락에 화단을 만들어 꽃을 심은 것입니다. 화단을 만들어 놓은 뒤 밤에 몰래 그 현장을 관찰해 보니, 어떤 사람이 커다란 쓰레기 봉지를 들고 와 잠시 주춤하더니 담벼락 밑에 버립니다. 그리고 그대로 가는가 싶더니 몇 발자국 가지 않고 다시 돌아와 쓰레기 봉지를 집어 들고 가져가는 것이었습니다. 다음 날 새벽, 여느 날처럼 쓰레기를 수거하러 온 환경미화원들은 깜짝 놀랍니다. 쓰레기가 온데간데없이 사라진 현장은 화단을 만들기 전과는 딴판이었지요.

대체 무엇이 사람들의 행동을 이토록 달라지게 한 것일까요? 이와 같은 현상을 '넛지(nudge) 효과'라 말합니다. '넛지'란 우리말로 '팔꿈치로 쿡쿡 찌르다.'라는 뜻입니다. 작은 자극으로 큰 변화를 일어나게 하는 넛지 효과는 많은 사람의 고정 관념을 뛰어넘는 새로운 문제 해결 방법을 모색합니다. 넛지 효과가 인상적인 것은, 보편적으로 시행되는 강제적인 규제나 감시 대신에 자연스러운 참여를 유도해 사람들의 긍정적인 변화를 도모하기 때문입니다. 쓰레기가 상습적으로 버려지는 장소에 아름다운 화단을 조성함으로써 사람들이 스스로 쓰레기를 버리지 않도록 만드는 효과, 그것이 바로 넛지 효과입니다. 이렇게 쓰레기를 함부로 버리는 사람들의 행동을 자발적으로 고치게 한 것처럼 창의성이 극대화된 넛지 효과로 우리 주변의 난제*를 의외로 쉽게 해결할 수 있습니다.

천편일률적인 방법에서 벗어나라

독일에서는 한때 에스컬레이터 대신 계단을 이용하게 함으로써 전력을 아끼고자 하는 캠페인을 벌인 적이 있습니다. 하지만 편안한 에스컬레이터를 버리고 계단을 이용하라는 것은 사람들에게 설득력을 얻기 어려운 구호일 수밖에 없었지요.

세계적인 자동차 회사인 폭스바겐사는 한 지하철역 출구에 있는 계단을 피아노 모양으로 설계하고 그곳에 사람들이 발을 디딜 때마다 소리가 나도록 만들었습니다. 그랬더니 계단을 이용하는 사람들이 눈에 띄게 늘어나기 시작했습니다. 결국 이 피아노 모양 계단을 설치함으로써 자연스럽게 에스컬레이터를 사용하는 사람들의 숫자는 줄어들고 계단을 이용하는 사람들은 66퍼센트나 증가하게 되었습니다. 의외의 결과로 언론에서 오랫동안 화제가 되었던 이 사례를 통해 우리는 몇 가지 사실을 알 수 있습니다. 아무리 좋은 의도를 가지고 정책을 펴더라도 사람의 마음을 움직이지 못하면 효과를 거둘 수 없다는 것 그리고 강제적이고 억압적인 법규나 제도가 사람들의 변화를 이끌어 내는 유일한 방법은 아니라는 사실입니다. 천편일률적*인 방법에서 벗어나 사람들의 마음을 건드리는 창의적인 '넛지 디자인'이 사람들의 변화를 이끌어 낸 것이지요.

＊ 난제 해결하기 어려운 일이나 사건.
＊ 천편일률적 여러 개별적 특성이 없이 모두 엇비슷한.

4부 · 지구가 울고 있다

우리나라의 예를 들어 볼까요? 부산에는 급커브로 인해 사고가 자주 발생하는 지점이 있었습니다. 고속 주행이 가능한 도로의 곡선 구간에서 속도를 이기지 못한 차량들이 전복되어 대형 사고로 이어지는 사례가 빈번했습니다.* 사고 예방 캠페인을 벌이고, 속도를 줄이라는 경고문도 붙여 보고, 경찰이 현장에서 주기적으로 과속 단속을 해 보기도 했으나 커브길 교통사고는 좀처럼 줄지 않았습니다.

그런데 당국에 넛지 효과를 이용해 교통사고 감소 효과를 거둔 미국 시카고의 사례가 접수됩니다. 시카고의 레이크쇼어 도로에서는 뛰어난 주변 경관으로 통행 차량이 많기 때문인지 교통사고가 빈발해 시 당국이 골머리를 앓다가, 백색 가로선을 그리면서 사고가 대폭 줄었다는 것입니다. 천편일률적인 단속에서 벗어나 운전자의 자율적인 변화를 꾀하고자 했던 부산시에서도 이를 참고해 새로운 도로 시설을 시범 운영하기로 결정합니다.

부산의 자동차 전용도로에 설치된 이 도로 시설은 시카고의 도로와 마찬가지로 넛지 효과를 이용해 교통사고를 줄이는 역할을 합니다. 2010년에 설치된 이 도로는 커브 구간에 가까워질수록 간격이 좁아지는 하얀색 가로선을 그은 것이 특징입니다. 이 시설물은 구간별로 총 길이 300~400미터 구간에 백

* 빈번하다 번거로울 정도로 되풀이되는 횟수가 잦다.

색 가로선을 긋되, 곡선 시작 지점부터 곡선 중심부로 갈수록 30미터, 20미터, 10미터로 가로선의 간격을 좁혀 운전자가 같은 속도로 달리더라도 중심부에 가까워질수록 속도감을 더 느끼도록 유도했습니다. 운전자가 실제보다 더 빠르게 속도를 체감해 급커브길에서 스스로 속도를 줄이게 하는 방식입니다.

부산에 설치된 이 도로 시설은 강제적인 단속 없이 운전자의 자발적인 행동 변화를 일으키게 만드는 작은 자극(하얀색 가로선)으로 큰 변화(교통사고 감소)를 이끌어 낸 창의적인 사례라고 할 수 있습니다.

잔소리보다 강한 넛지의 부드러운 힘

이와 같은 넛지 효과는 공익*을 목적으로 하는 캠페인에서 그 효과를 더 크게 기대할 수 있습니다. 세계적인 환경보호 단체인 세계야생생물기금(WWF)에서는 줄어드는 숲을 지키기 위해 종이 절약 캠페인을 벌였습니다. 그 일환으로 낭비되는 화장지를 절약하기 위해 넛지 디자인을 가미한* 창의적인 화장지 케이스를 선보였습니다.

이 화장지 케이스에는 지구의 허파로 불리는 아마존 일대 중심의 남미 지도가 그려져 있습니다. 그리고 초록색 아크릴

---

* 공익 사회 전체의 이익. 공동의 이익.
* 가미하다 본래의 것에 다른 요소를 보태어 넣다.

판 너머로 하얀 화장지가 쌓여 있습니다. 그런데 이 화장지 케이스에서 화장지를 한 장 한 장 뽑아 쓸 때마다 마치 눈금처럼 화장지 높이가 낮아집니다. 이 모습은 '숲이 사라진다.'는 메시지를 비유적으로 전달합니다. 그래서 화장지를 사용하는 사람들로 하여금 남미의 숲이 사라지는 모습을 시각적으로 확인하게끔 해 자연스럽게 화장지를 절약하도록 유도합니다.

　너무나 많은 종이를 쉽게 쓰고 버리는 현실에서 그것이 우리 모두, 곧 지구의 자원이라는 것을 인식한다면 무분별한 종이 사용은 줄어들 수 있겠지요. 그러나 이런 변화는 쉽게 이루어지지 않습니다. 그래서 많은 사람들이 자연스럽게 종이 사용에 대한 문제를 인식하고 바람직한 행동을 하도록 유도한 이 아이디어가 더욱 돋보입니다. 화장지를 사용하는 사람들은 이 케이스에서 공익 캠페인이 전달하는 메시지를 자연스럽게 수용할 것입니다. 천 마디 잔소리보다 창의적으로 전달하는 이 부드러운 메시지가 훨씬 큰 효과를 거두었으리라는 것은 두말할 나위도 없겠지요?

공규택

고등학교 국어 교사. 지은 책으로 『신문 가지고 놀기』 『우리말 필살기』 『말이 예쁜 아이 말이 거친 아이』 『국어시간에 케이팝읽기』 『교과서에 나오지 않는 발칙한 생각들』 등이 있다. 중학교와 고등학교 국어 교과서 집필에도 참여하였다.

○ 우리는 다양한 '소비' 활동을 통해 의식주를 해결하며 살아갑니다. 그러나 무분별한 소비는 자연에 악영향을 미치고, 결국에는 자연 속에서 살아가는 우리의 생존을 위협하게 되지요. 의식주를 둘러싼 나의 소비 습관을 돌아보며 아래 활동에 참여해 봅시다.

❶ 나는 주로 언제, 어디에서, 어떤 옷을 어떻게 구매하는지 적어 봅시다.

언제:

어디에서:

어떤 옷을:

----

❷ 분리배출, 분리수거, 재활용의 차이를 조사하여 적어 봅시다.

분리배출:

분리수거:

재활용:

❸ 비거니즘(veganism)이란 무엇인지 조사하여 적어 봅시다.

❹ 최근에는 자연과 더불어 살아가기 위한 주거 환경 조성을 위해 다양한 건축 방법이
시도되고 있습니다. 친환경 주거, 친환경 건축에 대해 조사하여 적어 봅시다.

○ 활동 1에서 나의 소비 습관을 점검하고 자연을 지키기 위한 다양한 생각을 살펴보았습니다. 개인이 자연을 지키기 위해 노력하는 것도 중요하지만, 한 사람의 노력만으로는 자연을 온전히 지킬 수 없습니다. 우리가 누리는 일상 속에서 자연을 함께 지키는 방법을 고민하고, 이를 누구에게 어떤 주제와 형식으로 전달할지 고민하여 글을 작성해 봅시다.

주제	☐ 자연을 지키는 옷 소비 및 활용 방안
	☐ 자연을 지키는 식문화 만들기
	☐ 자연을 지키는 주거 환경 조성하기
	☐ 기타 ( )

| 형식 | ☐ 시   ☐ 소설   ☐ 수필   ☐ 주장하는 글 |
| | ☐ 기타 (   ) |

| 독자 | ☐ 모든 사람   ☐ 정치인   ☐ 기업인   ☐ 선생님   ☐ 친구 |
| | ☐ 기타 (   ) |

생각
키우기

지구의 모든 존재는 자연 속에서 살아갑니다. 인간도 예외
는 아니지요. 그러나 인류는 자신이 지구의 주인인 양 자연을
마음대로 이용하고 파괴하는 방식으로 문명을 구축해 왔습니
다. 지금까지의 지구 역사를 24시간으로 본다면, '호모 사피엔
스'가 등장한 시간은 23시 59분 57초쯤이라고 합니다. 24시간
을 기준으로 보면 불과 3초 전에 등장한 존재가 지구의 온 하
루를 순식간에 무너뜨리고 있습니다.

특히 무분별한 석유 에너지의 사용은 심각한 지구 온난화
문제를 일으키면서 인간 사회에도 위기를 초래하고 있습니다.
폭염, 물 부족, 방대한 산불, 가뭄이나 홍수 등 예측할 수 없는
재해가 빈번히 일어나는 가운데, 그 심각성을 강조하기 위해
최근에는 지구 온난화와 기후 변화라는 말 대신에 기후 위기
라는 말이 널리 쓰이고 있습니다. 그리고 이러한 기후 위기는
다음과 같은 인간 사회의 불평등을 심화합니다.

우선, 기후 위기는 식량 불평등을 초래합니다. 현재 지구에
는 모두가 먹고도 남을 만큼의 식량이 있지만, 여전히 굶주리
는 사람이 존재합니다. 이 순간에도 5초에 한 명씩 굶주림 때
문에 목숨을 잃고 있다는 사실을 알고 있나요? 특히 부유한 국
가에서 고기를 많이 소비할수록 가난한 국가에서는 굶주리는

사람이 더 늘어나고 있답니다. 부자 나라에서 소비할 가축을 키우기 위해 가난한 나라의 숲을 없애고 그 땅에 가축의 먹이가 되는 사료를 재배하는 경우가 많기 때문이에요. 숲이 파괴되면 그 지역의 기후가 더 뜨거워지고, 농작물을 키우기 어려워집니다. 또한 가축들이 내뿜는 온실가스가 지구 온난화를 가속화함으로써 더 많은 지역에서 식량 생산이 어려워지고 있습니다. 앞으로 지구가 더 뜨거워질수록 농작물 생산량은 줄어들 것이고, 식량을 둘러싼 불평등 문제가 심해질 것입니다.

둘째, 기후 위기는 노동의 불평등을 악화시킵니다. 가뭄이 발생하면 농부가 농사를 짓기 어려워집니다. 바다의 온도가 상승하면 어부가 생계를 유지하기 힘들죠. 자연의 파괴로 지구의 온도가 상승하면서 야외에서 일하는 사람의 건강에 문제가 발생하고 있습니다. 가령 건설 현장에 종사하는 사람은 생명의 위기를 온몸으로 느끼고 있어요. 이처럼 기후 위기는 다양한 직업에 영향을 미치며, 환경에 의존하는 노동자에게 큰 피해를 주고 있습니다.

셋째, 기후 위기는 더 많은 난민을 만들고 거주의 불평등을 심화합니다. 지구 온난화로 극지방의 빙하가 녹고 해수면이 상승하면서 일부 해안 도시와 섬이 물에 잠기고 있어요. 하루 아침에 살 곳을 잃은 해안 지역의 거주민은 난민이 되어 다른 지역을 떠돌고 있습니다. 홍수나 폭염이 발생하면 고층 빌딩에 사는 사람보다 저층에 사는 사람의 피해가 훨씬 크다는 사실 알고 있었나요? 고층 빌딩을 짓느라 발생한 이산화탄소로 인해 이상 고온과 물난리가 발생했음에도 낮은 지대에 사는 사람이 고통받는 현실이 모순적으로 느껴집니다.

이처럼 자연 파괴와 기후 위기는 단순한 환경 문제가 아니라, 현존하는 불평등을 강화하고 인권을 침해하는 문제와 연결되어 있답니다. 자연과 인간은 절대로 뗄 수 없는 관계입니다. 인간이 살아가는 데 필요한 모든 것이 자연으로부터 비롯되었기 때문이죠. 그렇기에 우리는 지금 당장 자연을 보호하고 기후 위기에 맞설 고민과 실천을 시작해야 합니다.

이와 관련하여 나의 소비 습관과 지구 환경의 연결 고리를 성찰해 볼 수 있는 책들을 살펴보아도 좋겠습니다. 『바다거북은 어디로 가야 할까?』(최재희 지음, 창비 2023)를 읽어 봐도 좋고, '기후 정의' 혹은 '환경 정의'라는 말을 배우고 살펴볼 수 있는 『지구를 구하는 정치책』(조효제 외 지음, 나무야 2018)도 좋은 읽을거리가 될 것입니다. 자연에 속해 살아가는 존재로서 지구의 모든 생명이 평등하게 살아갈 수 있는 방법을 함께 고민해 봅시다.

작품 출처

공규택　「피하고 싶은 '징크스', 해야만 하는 '루틴'」,『경기장을 뛰쳐나온 인문학』, 북트리거 2019.

공규택　「동네 쓰레기를 하루아침에 사라지게 하려면」,『교과서에 나오지 않는 발칙한 생각들』, 우리학교 2014.

국가환경교육센터　「꿀벌들은 다 어디로 사라졌을까」, 국가환경교육 통합 플랫폼 블로그 2020.

금준경　「매체 홍수에 휩쓸리지 않으려면」,『미디어 리터러시 쫌 아는 10대』, 풀빛 2020.

김지원　「탑차를 끄는 사계절의 산타」, 광화문글판 에세이 공모전 2016.

김청연　「장갑 앞에 붙은 '세 글자'」,『왜요, 그 말이 어때서요?』, 동녘 2019.

김하경　「자연은 위대한 스승」,『아침입니다』, 시대의창 2010.

남종영　「육지의 배설물은 바다에 쌓인다」,『지구가 뿔났다』, 꿈결 2013.

노진호　「나는야 호모 미디어쿠스」,『안녕? 나는 호모미디어쿠스야』, 자음과모음 2022.

박경화　「토종 씨앗의 행방불명」,『여우와 토종 씨의 행방불명』, 양철북 2010.

박정호　「마트에 가면 왜 9,900원짜리가 많을까」,『재미없는 영화, 끝까지 보는 게 좋을까』, 나무를심는사람들 2017.

성석제　「어느 날 자전거가 내 삶 속으로 들어왔다」,『농담하는 카메라』, 문학동네 2008.

손성주　「천 원」, 신경림 외 엮음『꾸물꾸물꿈』, 장비교육 2015.

양은우　「스마트폰은 나의 뇌에 어떤 영향을 미칠까」,『소용돌이치는 사춘기의 뇌』, 다림 2022.

옥현진　「상호 작용적 매체로 소통하기」,『중학교 국어 1-1』, 창비교육 2025.

이규보　「집을 수리하고 나서」, 김하라 엮고 옮김『욕심을 잊으면 새들의 친구가 되네』, 돌베개 2006.

이문구　「열보다 큰 아홉」,『끝장이 없는 책』, 랜덤하우스 2005.

이시타 카트얄　「더 나은 미래를 만들기 위해 현재에 충실하기」, 아도라 스비탁 엮음『더 크게 소리쳐!』, 김미나 옮김, 특별한서재 2021.

이어령 「검색이 아니라 사색이다」, 『짧은 이야기, 긴 생각』, 아이스크림미디어 2014.

이주은 「내가 버린 옷은 어디로 갈까」, 『중학 독서평설』 2023년 1월호, 지학사 2023.

이지선 「모든 치킨은 옳을까」, 이지선 외 지음 『모든 치킨은 옳을까?』, 우리학교 2021.

이해인 「잘 준비된 말을」, 『꽃삽』, 샘터사 2003.

장영희 「괜찮아」, 『살아온 기적 살아갈 기적』, 샘터사 2009.

전수경 「부정적인 감정에 사로잡힌 나에게 가장 필요한 것은」, 『소년중앙 위클리』 2021.11.22.~11.28.

정민 「보이는 것이 전부가 아니다」, 『정민 선생님이 들려주는 한시 이야기』, 보림 2002.

정용주 「사람답게 살 권리, 인권」, 『역사 속 인권 이야기』, 리잼 2015.

하지현 「감정 연습을 시작합니다」, 『감정 연습을 시작합니다』, 창비 2022.

한아리 「할아버지의 엄마 나무」, 새얼백일장 수상작품집 『딱 한번만』, 새얼문화재단 2018.

한현미 「공간이 우리의 삶을 만든다」, 『공간의 인문학』, 맘에드림 2018.

수록 교과서 보기